読む紙芝居

会津と伊達のはざまで

岡田　峰幸

目次

関係家系図

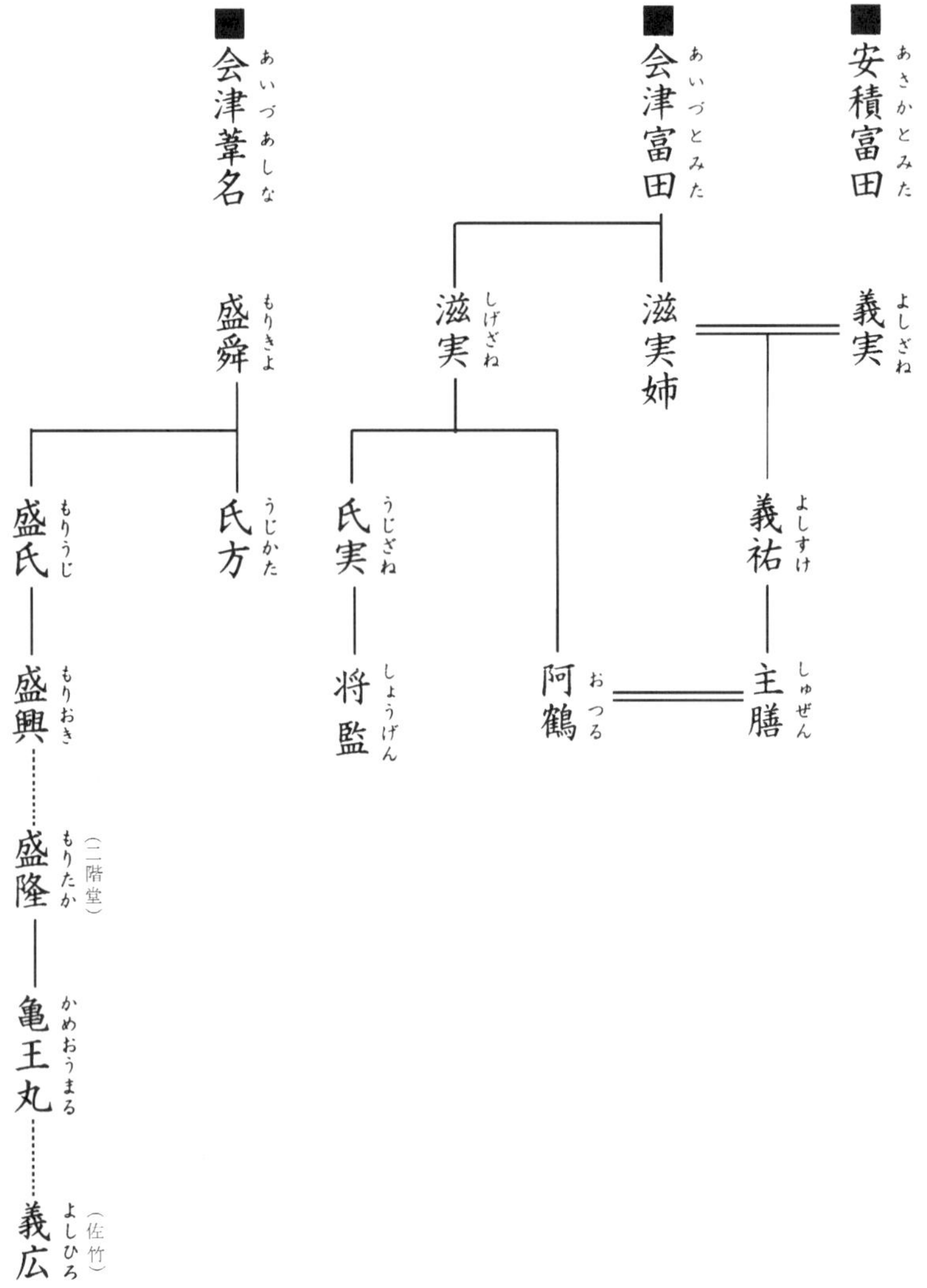
■安積富田《あさかとみた》
■会津富田《あいづとみた》
■会津葦名《あいづあしな》
義実《よしざね》
滋実姉
滋実《しげざね》
盛舜《もりきよ》
義祐《よしすけ》
氏実《うじざね》
氏方《うじかた》
盛氏《もりうじ》
主膳《しゅぜん》
阿鶴《おつる》
将監《しょうげん》
盛興《もりおき》
盛隆《もりたか》（二階堂）
亀王丸《かめおうまる》
義広《よしひろ》（佐竹）

第一話
「風に靡《なび》かず」

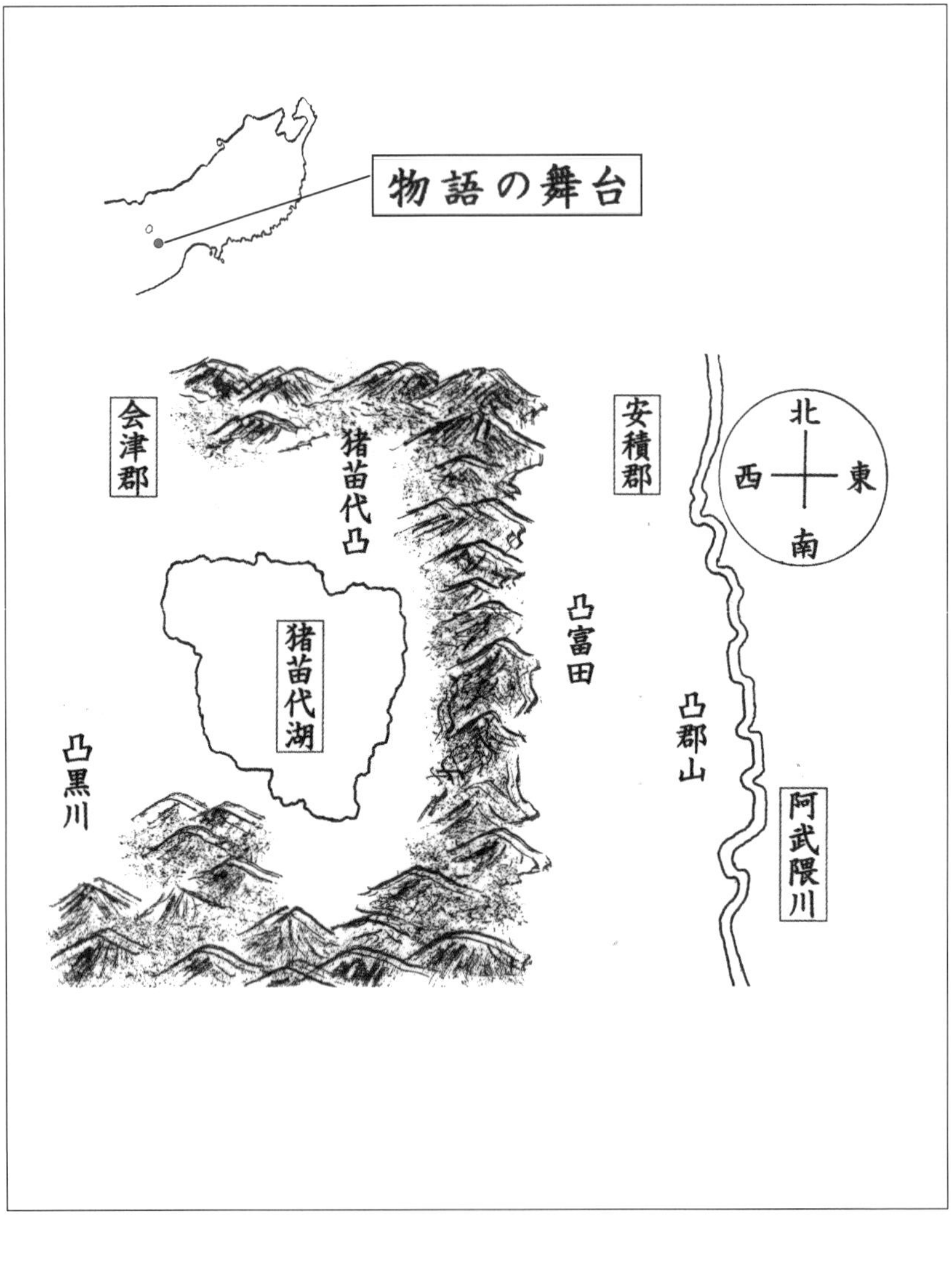
物語の舞台
会津郡
猪苗代
猪苗代湖
黒川
安積郡
富田
郡山
阿武隈川
北
西
東
南

＊

西につらなる山々が、仙道地方《せんどうちほう》（福島県中通り）と会津地方《あいづちほう》を隔てていた。その山並みから冬になると、寒風が吹きつけてくる。会津を発した雪雲が、境界の連山に行く手を遮られる。すると会津には大量の雪が降り、湿気を失った風だけが、仙道で荒れ狂うというわけだ。

安積郡《あさかぐん》（郡山市）は、仙道の中央に位置している。冬は毎日のように乾いた強風で、村も森も痛めつけられる。富田義祐《とみたよしすけ》は、会津からの風が嫌いだった。安積を蹂躙《じゅうりん》するのは風だけではない。人も同じだからだ。会津を支配する葦名《あしな》氏が軍勢を動かすと、かならず安積の住人たちも影響を受けるのである。ここ富田城も例外ではない。

鎌倉幕府の頃（一二〇〇年代）から、ずっと富田家は葦名氏に臣従してきた。その関係は、永禄《えいろく》三年（一五六〇）の今でも変わらない。ただ本家は会津に移住し、宿老の席に列するまでになった。代わって富田城を治めているのは、分家である。分家筆頭として城主を務めているのが、富田義祐だった。身分は葦名の家臣だが、安積を離れることなど皆無に等しい。もっぱら富田の城と村を守ることに専念しているのである。だから義祐にとって、会津とは厄介な隣人でしかない。

「安積は冷え込みが厳しいですな」

眼の前に座っている男が、肩を震わせた。宮森千之介《みやもりせんのすけ》。黒川城下（若松市）にて、造り酒屋を営む人物である。半刻（一時間）前の巳ノ刻（午前十時）に、城を訪ねてきた。本家の惣領、富田滋実《とみたしげざね》からの紹介状を、手に携えて。

「会津は雪が多いですが、底冷えはいたしませぬ」

「皮肉なものだな。安積では滅多に雪は積もらぬが風のせいで体が凍りそうになる」

「なればこの季節、さぞ燗酒が恋しいことでしょう」

宮森千之介が口元に、媚びた笑みを浮かべた。この男は、富田村に酒を売りにきたのである。肥えた赤ら顔に、しわが目立っていた。義祐と同じ四十歳だが、ずいぶんと老けてみえる。

「この村にも、酒を仕込んで商う者がいる。それほどの量は買ってやれぬぞ」

「畏《おそ》れながら、わが酒は他国でも美味と評判のもの。義祐さまも一口召し上がっていただけたら、きっと御愛飲されるようになるでしょう」

「とりあえず樽を三個。それでよいな」

千之介が、満足そうに頭を下げた。

千之介が言うとおり、宮森家の酒を好む者は多かった。店棚は大繁盛との噂である。本来ならば、わざわざ当主みずからが酒を売るため、十五里（約六〇キロ）も離れた遠方に足を運んだりはしないだろう。

だが近頃、宮森家だけでなく会津の造り酒屋すべてが、苦境に立たされていた。領主の葦名《あしな》盛氏《もりうじ》が、醸造と販売を全面的に禁じてしまったのである。

「禁酒令……。会津では相変わらず、取り締まりが厳しいのか？」

「黒川城下では、まったく商うことができませぬ。ただ黒川から離れた村々では、奉行の眼をすり抜け細々と商売できております。それでも店棚《みせだな》を維持するのは難しいため今回、ご本家の滋実さまに嘆願した次第」

「富田も葦名領だが、課せられているのは軍役のみだからな。馬鹿げた法度まで、遵守する道理はない。とはいっても盛氏さまの手前、村人たちには大っぴらに呑むことを控えさせてはいるが」

本家の滋実は、宮森家から多額の上納金をもらっ

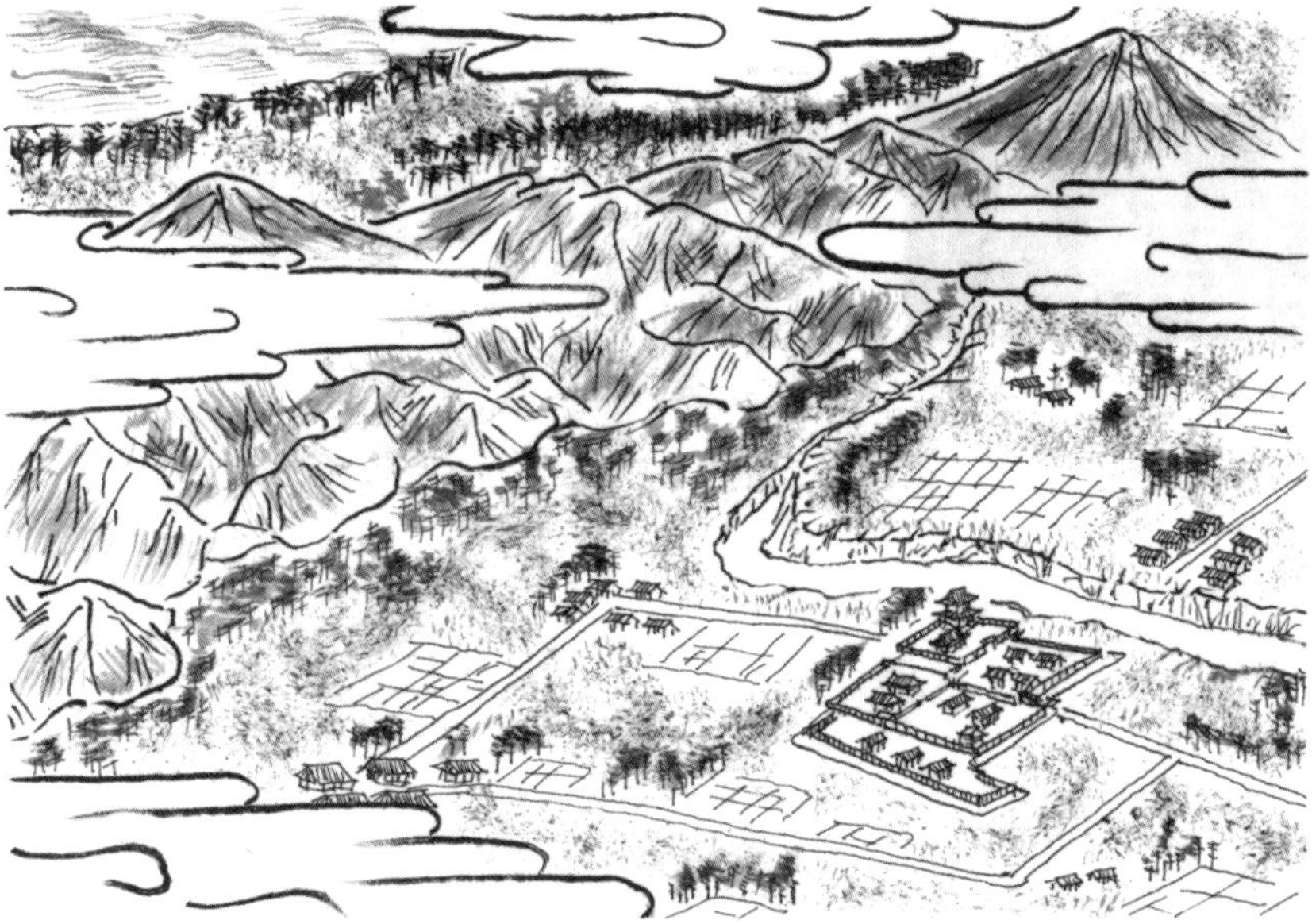

ているに違いない。そこで義祐に、千之介の商売を助けてやれと、手紙に書いてよこしたのだろう。

面倒な事を持ち込まないでくれ――。義祐は唇の裏側で呟いた。宮森家の酒は、濁り酒の上澄みだけを丁寧にすくい取った『中汲《なかぐ》み』という高級品。手間がかかっている分、値も張るのだ。相手にとって良い客になってしまったら、こちらの家計が傾いてしまう。義祐は、無類の酒好きである。酔うと丸い目鼻立ちに、さらに愛嬌さが増すと、家人たちには言われている。しかし中汲みを買い求めるなどと無相応な真似は憚《はばか》られた。一介の国人《こくじん》（小領主）には、濁り酒で十分なのである。

「盛興《もりおき》さまが御改心なさってくださりさえすれば、元のとおり酒を楽しむようになれるのですが」

安積とは質が異なるが、やはり会津も酷寒の地。雪国で生きるには酒が不可欠で、消費される量も多い。それでも盛氏が禁酒令を断行した背景には、嫡男・盛興の存在があった。盛興は酒乱なのである。まだ十四歳だというのに、昼夜を問わず盃をあおっているらしい。酒に溺れる息子に業を煮やした父親が、ついに家臣と領民すべてに飲酒を禁じてしまったのだ。言ってみれば今回の騒動は、葦名父子だけの問題。そこに安積も巻き込まれるのは、完全なお門違いなのである。

「盛興さまは、まだ幼い。近習たちが心を鬼にして接すれば、酒乱という悪癖も治るであろう」

義祐にも、もうすぐ四歳になる男子がいる。だが、子を膝に座らせて酒を呑むのは、やめようと思った。

「三つ子の魂百までも、と申すではありませぬか。盛興さまは生まれつき気の弱い御方。将来、会津という大国を背負って立つことを、重圧に感じられているのでしょう。酔うことで現実から眼を背けられている」

「千之介。造り酒屋の分際で、ずいぶん御家の事情に詳しいではないか」

「これは御無礼を……。すべて滋実さまから、聞いた話にございます」

睨《にら》みつけると、千之介は首をすくめた。しかし不敵にも口元の笑みは隠さない。

「そういえば滋実さまは、こんなことも申しておられました。盛興さまに代わって葦名の家督を継げる御方さえいれば、盛氏さまがお悩みになることもない、と」

「ご本家も面妖なことを言われるな。盛氏さまには盛興さましか男子がいらっしゃらないではないか」

「御子でなれば葦名を継げぬ、とは限りますまい」

義祐は眉をしかめた。千之介は表情を変えない。

「そうそう。たしか富田城には、葦名の血をひく御

方が住まわれて……」

千之介がすべて言い終える前に、義祐は腰をあげた。前のめりになる。さらに強い視線を相手に投げつける。

「おまえとは酒の売買についてだけ、相談するはずであったな。ならば話はもう済んだはず。——誰かおらぬか。宮森どのがお帰りである。門までお見送りせよ」

即座に家来が、廊下に現われた。

「宮森どの。樽は三つだ。頼んだぞ」

これ以上、千之介が何か言い出す前に、追い払わなければならなかった。こちらの不快感が伝わったようだ。

「さっそく蔵に、運ばせていただきます」

千之介は一礼すると、静かに客間から退出していった。

部屋は、義祐だけになった。八畳ほどの板敷。ふたたび腰をおろす。縁側に眼をやった。西の空が、塀の向こうに見える。朝は快晴だったというのに、鈍色《にびいろ》の雲が青空を浸蝕しつつある。どうやら今日も、風が吹き荒れそうだ。師走の上旬。安積の空模様は、一日のなかで目まぐるしく変わる。

権力争いは御免だと、義祐は思った。葦名家では、しばしば家中の実権を握ろうと、家臣たちが醜い内紛を起こす。それに関わることを、ずっと避けてきた。

一塵《いちじん》の風が、客間に舞った。

冷たく何の香りもしない。

政争も、風と同じだった。人の情けが失われた世界。とめどない欲望だけが風に乗って、西の山並みを越えてくる。葦名の内紛が、安積を不幸に陥れることもあるのだ。義祐は城主として、富田を権力争いから蚊帳の外に置いておくよう、努力してきた。村を守ることが、自分の宿命。会津からの風に、靡《なび》いてはならない。身を委ねたら、それは自分も権力の虜になったことを意味する。

「義祐。ここにおったか」

四半刻（三十分）ほどしてから、声をかけられた。

「氏方さま。お戻りになったのですか」

「たった今、帰ってきたところだ」

大きな鉤鼻《かぎばな》の男が、直垂《ひたたれ》の埃を手荒く払い落としていく。葦名氏方。葦名盛氏の異母兄である。葦名の一族なのに、氏方は『富田に帰った』と言った。氏方にとって、会津のほうが余所《よそ》なのだ。生まれたのは黒川城だったが、十五歳のときから富田城に身を寄せているのである。

「客間にいたということは、誰か招いていたの

か？」

「宮森千之介が、先程までおりました」

「造り酒屋が？　富田まで商いにきたのか？」

「左様。禁酒令のおかげで、家業が立ち行かなくなっている様子」

「盛氏も、愚かな法度を敷いたものだ」

座るや否や氏方は、不満げに鼻を鳴らした。若い頃から、気持が顔に出やすい人物なのである。四十六歳になった今も、変わらない。裏表のない性格。その点が、義祐は好きだった。童のころから一緒に育ってきた。主従の関係というより、六つ違いの兄弟といった仲である。

「酒があるから盛興が狂ったのではない。狂った盛興が、酒に溺れている。禁酒は、盛興だけにさせればよいのだ。会津の冬は、長く厳しい。燗酒で暖を取れなくなった領民たちは、さぞ寒さに難儀していることだろう」

「そのことを盛氏さまに諫言《かんげん》するため、黒川まで赴かれたのですか？」

氏方が、富田城から黒川城に向かったのは、四日前のこと。急いで出立していったので、どのような用件なのか聞きそびれたのである。

氏方が一瞬、何かを言おうとして黙ってしまった。うつむく。わずかに覗ける表情は、険しかった。義祐も口を噤むしかなかった。

「……義祐。人払いを」

居心地の悪い沈黙の後、意を決したように氏方が言った。とりあえず義祐は立ち上がり、廊下を見渡す。近くに家来の姿はなかった。念のため板戸を閉めきる。

「氏方さま。いかがなされました」

膝を突き合わせるように、座らされた。これでは密談ではないかと訝しんだ瞬間、氏方が驚くべき心中を打ち明けた。

「謀反を起こす。俺は、盛氏に戦をしかける」

息をのむ。とっさに声が出ない。戯言《ざれごと》でないことは、氏方の様子をみれば分かった。もとより嘘をつけない人物なのである。

「なぜ」

氏方と盛氏。決して不仲ではない。先代・葦名盛舜《あしなもりきよ》の長男として生まれた氏方だったが、母の身分が低かったため、後継者から外された。一方の盛氏は正室の子だったので、嫡男として育てられてきた。

「お二人は、慕い合っているではありませぬか」

世間では、目の上の瘤である氏方を、盛氏が安積に遠ざけたと信じられている。惣領の座に就けなかった氏方は、盛氏を深く恨んでいるとも。――だが実際のところは、正反対。二人は昔から、互いを気

遣う兄弟なのである。だから氏方のほうから望んで、会津を離れた。御家騒動の火種になりかねない身だということを、少年の頃から自覚していたのだ。すると、庶兄の配慮に感激した盛氏が、富田城に寄食することを奨めた。会津の外で葦名の一族が心置きなく暮らせる土地と言えば、富田しかない。こうして三十一年前、義祐の父・富田義実《とみたよしざね》が、氏方を養育することになったのである。

「いかにも盛氏は、俺にとって大切な弟。弟の身を案じているからこそ、謀反すると決めたのだ」

「氏方さま。黒川で、いったい何があったのです」

義祐は声を裏返らせた。静かにしろと、制される。

義祐は呼吸を整え、次の言葉を待った。

「黒川を訪ねたのは、盛興のことが心配だったからだ。目の当たりにして、驚いた。酒毒で視線も定まらぬほどだったからな」

「では盛興さまに、家督を継ぐことは」

「盛氏は、継がせると断言した。必ず毒を抜き、正常な体に戻してみせると。俺は、盛氏の親心を信じることにした。禁酒令には苦言を呈してきたがな」

氏方の形相が柔和になってきた。話しているうちに、迷いを打ち消しているのかもしれない。義祐には、そのように感じられた。

「盛氏は、いずれ息子を立ち直らせるだろう。だが家臣の中には、葦名の将来を危惧する者が少なくないのだ。盛興を見限る輩が、近いうちに現われる。離反した家臣が、どのような行動にはしるかは、おまえにも察しがつくだろう」

「……。氏方さまを擁立するかと」

「そのとおり。今、葦名一族のなかで、盛氏の次に惣領になれるのは、盛興と俺しかいない。盛氏の決意を親馬鹿と勘違いしている連中は、俺に決起を求めてくるぞ」

義祐の背筋を、衝撃がつらぬいた。頭から血の気がひいていく。――氏方の本心が分かったからだ。

「捨石になられる、おつもりなのですか」

「おまえは利口だな、義祐。早くも悟ったか」

氏方は嬉しそうに、何度も頷いた。

「盛興から離反する連中は、獅子身中の虫。あぶり出さねばならぬ。たとえ今日明日でなくとも、いつか葦名に害をなす存在となるだろう。ならば、さっさと退治しておいたほうがよい」

「初めから負ける覚悟で、謀反を起こすのですね。自分の命と引き換えに、葦名の膿を絞り出そうと」

「盛氏には、遠慮なく討伐しろと伝えてきた。が、難しいのは、こちらのほうだ。加担した者どもが全員、討ち取られるよう、わざと下手な采配をしなければならぬ」

「お待ちくだされ」

義祐とて武将である。会津とは一定の距離を保ってきたが、葦名軍の一員として、何度も戦場を駆けめぐってきた。その経験で培った勘が、氏方の計略を疑わせた。

「季節は冬でございますぞ。雪が深く、兵を動かすのは困難。氏方さまの檄に応じたくとも、雪を嫌がって馳せ参じる者は少ないのでは？」

「雪中の戦に難色をみせず、集まってくる連中こそが正真正銘の裏切り者だ。絶対に仕留めねばならぬ。よって冬のほうが、むしろ好都合なのだ」

葦名を守るため、氏方は謀反する。盛興を侮る家臣を煽動し、一網打尽にしようとしているのだ。ただ、目的を達成するためには、首謀者である氏方も死ななければならない。苦悩した末、導き出した答えだったろう。

異母兄弟が争うのは、戦国の世において日常茶飯事。当主と対立する家臣が、当主の兄弟を担ぎ出して謀反を起こすのも珍しくない。ところが氏方は、これと逆のことを成さんとしている。武将として優しすぎるのだ。

「葦名の惣領になれる血筋であられながら、これまで氏方さまは、おのれの存在を消し去ろうと生きてこられました。盛氏さまを快く思わぬ家臣たちに、利用されぬため。世間から忘れられてしまうのは、つらい。氏方さまは、その辛苦に三十一年も耐えてこられた。なのに何も報われず、謀反人として討たれようと言うのですか」

「つまらん同情などするな。俺は今、とても晴々とした気分なのだ。たしかに庶子として生まれてしまったがゆえ、ずっと俺は人目につかぬよう努力してきた。弟に迷惑をかけないために。だが一方で、そんな生き方を歯がゆくも思っていた。武士として生を受けながら、主君である弟のため戦働きもできぬ駄目な兄だと」

　氏方が相好《そうこう》を崩す。とても自然な微笑だ。

「ところが今、ようやく自分にしか成せぬ一大事とめぐり合うことができた。葦名家を守るため、喜んでこの命を捧げよう。しかも、人知れず朽ち果てるはずだった俺が、思いがけず歴史に名を刻めるのだぞ。……謀反人としてだがな」

　義祐は顔をそむけた。唇を噛む。これほど哀れな男の人生が、あっていいのか。天を恨んだ。人の世に憤《いきどお》った。ところがそんな義祐に、優しい眼差しが向けられている。

「ただひとつ心残りなのは、おまえの出世を手助けできなかったこと。義祐、おまえが武将としての才能にめぐまれていることは、承知していた。戦いで頭角を現わし、ゆくゆくは宿老になれるほどの器量だったと。しかし、おまえは俺の境遇を考慮して、目立つことを控えてきてくれたな。自分の将来より俺を守ることを優先してくれた。その恩に応えられなかったのが、悔やまれるのだ」

「もったいない御言葉にございます」

　力を貸せと、氏方は言おうとしなかった。富田城を、謀反の巻き添えにしない腹づもりなのだろう。義祐が権力争いを嫌っていることを、よく知っているのだ。

　俺は、このままでいいのか——。義祐は、我が身に問うた。政争は人を不幸にするだけ。この考えは間違っていない。だが実の兄のように慕ってきた人物が、権力争いを未然に防ぐため、あえて内紛を起こそうとしている。

　それを黙って見ているだけでいいのか。おのれの

信念を貫きとおすため、氏方を一人で死なせてよいのか。

不意に父・義実《よしざね》の顔が思い浮かんだ。六十六歳となった父は現在、会津で隠居している。父は昔、富田の分家のなかでも、最も身分の低い家柄だった。貧しい生活から脱しようと、葦名家中での出世に懸命となった。その努力が実り、富田城主になれたのだ。ただ、分家筆頭の地位におさまるためには、本家と縁組する必要があった。父は、滋実《しげざね》の姉のもとへ婿養子に入ったのである。そのあいだに生まれたのが、義祐だった。

乱世を生きる女は、したたかだ。富田城の実権は、母が握っていた。婿養子である父は、本家の女である母に、おとなしく従うしかなかった。栄達に躍起となった結果が、飼い殺しだったのである。そんな父の姿をみて、出世に虚しさをおぼえたのだ。権力というものの恐ろしさを、父が身をもって教えてくれたのである。

「氏方さま。しばし失礼つかまつる」

立ち上がる。太刀を手に取った。板戸を開け放つ。光。眩しくはない。空は鈍色だった。分厚い雲が陽射しを遮っているのである。

「誰かおらぬか。蔵に行って、宮森どのを呼んでこい」

廊下の隅で、返事をする家来がいた。足音が遠のいていく。氏方に背を向けたまま、義祐は千之介を待った。

「義祐、何をいたす気だ?」

「少々の間、口を挟まずにいてくだされ」

やがて千之介が、庭の端にやって来た。ゆっくりとした足取り。義祐は裸足のまま、地面に飛び下りた。こちらからも近づいていく。千之介が来る。赤ら顔。まもなく一間(約二メートル)の距離というところで、義祐は柄に手をかけた。抜刀。片手打ちで左から右へ、白刃を一閃させる。喉元。手応え。血しぶき。悲鳴をあげることもできず、千之介が崩れ落ちる。とどめは不要だった。相手は驚きの表情を浮かべたまま、すでに絶命していた。懐紙《かいし》を取り出し、義祐は血糊を拭った。刀を鞘に収める。

「これは、なんの真似だ」

気づくと氏方も、庭に下りていた。

「この男は、間者《かんじゃ》ですよ」

「宮森千之介が間者だと?」

「左様。この御時勢、造り酒屋ならば、どこの城を訪れても不思議ではありませぬ」

「内情を探るよう命じたのは、誰だ?」

「我が本家の、富田滋実さま。俺に、氏方さまを担ぎ出そうとする魂胆がないか、探りをいれてきたの

です」

内偵。滋実が好む手口だ。本家の惣領は代々、謀略に長けていた。むろん滋実も。ただ今回は、用いた手駒が悪かった。宮森千之介は、商いが上手いだけの男なのである。この程度の商人に、義祐は心中を読まれたりはしない。政争から富田を守るため、何十年も隙をみせぬ生き方を強いられてきたのだ。

「滋実さまは滋実さまで、葦名家の行く末を案じられているようです。真っ先に気掛かりとなったのが氏方さまの動き。俺の言動を調べることで、氏方さまが心に秘めていることを、知ろうとされたのでしょう」

「富田の本家といえば、会津の外交を司《つかさど》る一族。おそらく滋実どのは、盛興に万が一のことが起きた場合、他家から養子を迎えることを画策しているに違いない」

「盛氏さまは、滋実さまが裏で蠢いていることを、お気づきなられたのですね」

盛氏が、息子を改心させようと必死になっている。その本当の理由が、義祐にも分かった。富田滋実。もし滋実の主導で養子が入ったら、葦名の実権は富田本家が掌握してしまうのだ。なんと醜い争いか。やはり権力争いは嫌いだと、義祐は閉口する。しかし、もはや避けては通れぬことも確かだった。

「本家が放った間者を、斬った。これで俺は、みずからの退路を断ちました」

「義祐……」

「俺を、謀反の一味に加えてくださいませ」

妾腹として、ずっと日陰の道を歩まざるを得なかった氏方。その苦悩や悲しみを、義祐はいちばん近いところで見てきた。たとえ謀反人として殺される運命であっても、ようやく氏方は、陽の当たる場所に舞い出ることができるのだ。花道を飾ってやりたい。そのためには、最後まで氏方とともに戦う者が必要だった。冥途への供。自分をおいて他に、誰がするというのか。

「義祐。謀反とは、政争なのだぞ」

「承知しております。俺は、権力争いが大嫌いでした。関わらぬことを信条としてまいりました。ですが生涯に一度だけ、筋目を曲げます。氏方さまだけ、権力争いの泥沼に沈ませるわけにはまいりませぬ」

「よくぞ申してくれた」

氏方が、手を握りしめてきた。

「正直、迷っていた。おまえと俺は、兄弟同然の仲。なのに俺が決起しても富田義祐が応じなかったら、不自然に映ってしまう。加勢してほしかった。だが政争を嫌うおまえを誘うことは躊躇《ためら》われた」

「ひとつだけ、お願いがございます」

「なんだ？」

「謀反に加わるのは、俺と家来のみ。富田の村人に、危害が及ばぬようにしてほしいのです」

「おお、そのことか。案ずるな。富田の城に籠って戦おうとは毛頭、考えておらぬ。ここは俺の故郷でもあるのだぞ、義祐」

「その御言葉を聞き、いっそう覚悟が決まりました」

「ようやく手に入れた晴れの舞台。討っ手を待つことなどせず、こちらから黒川城を攻めてやろう」

固く結ばれた手。氏方が力を強める。負けじと義祐も、強く握りかえした。

「実はな、義祐。もうひとり頼もしい人物が、味方してくれる手筈となっている」

「……。あ、もしや」

「分かったか。そう、おまえの父、俺にとっても育ての父である御方だ」


考えてみれば、不遇をかこってきたのは氏方だけではない。父の義実も同様だったのである。父とて武将のはしくれ。歴史に名を刻みたいと、渇望してきたのだろう。父を抑えつけてきた母は、もう他界している。今ごろ父は、隠居先で戦備えに追われているのか。

風が、吹き荒れていた。庭の木々が、ざわめく。会津からの風には、雪の粒が混じり始めていた。午後になったら吹雪になるかもしれない。積もるほどの量ではないが、安積の吹雪は強烈だった。雪が真横に飛ぶ。景色が白く塗りつぶされてしまう。

この風に、耐えてきた人生だった。

風に靡《なび》くまい——。それは権力に誘惑されまいという、気概の表われでもあった。

「我々にとって、門出の日となりましたな」

「謀反人の門出だ。晴天より小雪がちらつく悪天候のほうが、ふさわしい」

「祝杯をあげようではありませぬか、氏方さま。ちょうど千之介が、会津の中汲みを運んできたところです」

氏方は嬉々とした声を発したが、すぐに首を振った。

「いや、呑むのならば富田の酒が良い。日ごろ慣れ親しんだ濁り酒を酌み交わそうではないか。おまえが守り抜いてきた村で、仕込まれた味を」

目頭が熱くなる。

涙をこぼすまいと、義祐は空を見上げた。

「俺は、よき御方と人生を歩んでこられました。それだけで悔いはありませぬ」

風が唸った。頬の涙が、飛ばされていく。

どこまで無情な風か。

靡くのではない。跳ね返してやるのだ。

自分たちが風を起こす時がきたのである。

安積から会津へ。

葦名の家中で暴れまわる風となって、醜い欲望など木端微塵《こっぱみじん》にしてやる。

なかなか面白い謀反《むほん》になりそうだと、義祐は鼻をすすった。

第二話

「最後の手合せ」

北
西
東
南
安達郡
凸小浜
田村郡
凸本宮
△楊枝峠
×人取橋
阿武隈川
凸三春
凸富田
凸片平
凸郡山
安積郡

＊

一礼を済ますと、木刀を上段に構えた。

富田主膳《とみたしゅぜん》の剣術は、つねに上段から繰り出される。柄を握る両手を、右肩の位置で大きく振りかぶっていた。

対する片平助右衛門《かたひらすけうえもん》は、正眼。腰を落とし、まったく力みのない構えだった。互いに一歩、後ずさり。打ち込む間合を一間（約二㍍）に保つ。

陽が陰った。午ノ刻（午後十二時）の空は晴れている。だが風が強かった。見上げている余裕はないが、どうやら雲が流れているらしいと、富田主膳は覚《さと》った。今年の五月（陽暦七月）は、風向きが読めない日が多い。

気合を発した。片平助右衛門は反応しない。木刀の切っ先は、静かに止まったまま。相手の出方を探るための気合だったと、見抜かれていた。いなされると動けなくなる。陽が戻った。諸肌脱ぎとなった上半身が、汗で濡れていた。足裏に熱を感じる。裸足だった。大小、石だらけの河原。夏の陽射しのせいで、どの石も灼けている。だが、ここを稽古の場と定めていた。足場の悪い状況で、武芸を研く。実際の合戦で役に立つだろうと、助右衛門が選んでくれたのだ。彼は、主膳より出陣の経験が豊富だった。当然、剣の腕も数段、勝る。

打ち込んでみるか――。主膳は覚悟を決めた。自分の初手は決まっていつも、かわされてしまう。この河原での手合せを、もう五年も続けていた。月に一度の約束。合戦が起きないかぎり、守ってきた。数えれば四十回にはなるだろう。しかし主膳は、一度も勝利したことがない。今度こそと挑みつづけた結果、五年もの歳月が経ってしまったのである。じつは今も、勝てそうな予感がしない。いつのまにか圧倒されているのだ。たしかに助右衛門は先ほどから正眼に構えたまま、微動だにしない。ところが全身からは、鋭い闘気が放たれていた。闘気は見えない壁となって、主膳の前に立ちはだかっている。この壁を破り、一太刀浴びせることができるか？――いつもならば、ここで迷いが生じてしまう。そこを衝かれて先手を許し、敗北を喫していた。

だが今日は臆することはなかった。

正面から、打ち込んでやる。あの鋭い闘気を、弾き返してやるのだ。――主膳は少しだけ、爪先を前に進めた。五感を研ぎ澄ませ、助右衛門の隙を探っていく。胸元の汗は消えていた。蒸発してしまったのだ。汗の痕は、乾いた粉のような感触がする。

隙。見つからない。闘気。弱まらない。壁。相変わらず高く、分厚い。となると正面から、力まかせに当たるしかなかった。下手な小細工など無用。意を決する。それが富田主膳の戦い方だ。

全身に、気をみなぎらせた。

跳躍――。壁を飛び越えようと、高く跳んだ。そして上段から、渾身の一撃を放つ。肉薄。助右衛門の顔。面長で薄い眉。狙うのは、その上。額だ。手応え。取ったか？　いや違う。主膳の打ち込みを、助右衛門は木刀を横にかざして受け止めていた。鍔《つば》ぜり合いの状態だった。衝撃で、両手が痺れている。もう一度、力を込められるか？　相手の木刀を押し退けられるか？　狙った額は、もう目と鼻の先にあるのだ。主膳は思わず唸り声を発していた。筋肉が力を取り戻す。ところが主膳の木刀は、助右衛門の木刀のへりを横へ横へと滑っていく。やがて上半身が両腕とともに、左へ振り飛ばされた。

「勝負あり」

あわてて体勢を直そうとする主膳へ、助右衛門が

抑揚《よくよう》を欠いた声で宣言した。気づくと切っ先を、首筋に突き当てられていたのである。

「また、俺の負けか」

主膳は苦笑した。ふたりとも木刀を下げ、ゆっくりと互いから離れていく。助右衛門も諸肌脱ぎだが顔にも胸元にも汗の痕跡は見当たらなかった。凄まじい闘気を放ちながら、冷静だったということか。

「しかし、あのような技もあるのだな」

たまたま木刀が、横に滑ってしまったのではない。故意にずらされたのだ。主膳は素直に、助右衛門の太刀さばきに感心していた。とにかく変幻自在なのである。自分から、ただ斬りかかるだけでなく、防御から反撃に転じる技も心得ているらしい。

「上段からの打ち込み。それも力まかせの……。いつまでも馬鹿のひとつ覚えでは、俺には勝てぬぞ」

助右衛門の口調は、淡々としている。いかなる時でも、そういう話し方をする男なのだ。喜怒哀楽を表に出しやすい主膳とは、対照的だった。面長で眉毛がうすい助右衛門は、冷淡な印象を漂わせている。これに比べて輪郭だけでなく目鼻も丸い主膳は親しい者たちから愛嬌のある面相と評されていた。ところが、どういうわけか二人は馬が合う。初めて会った時から、ずっとである。

「俺は不器用だからな。ひとつの技を極めることしかできぬ」

「不器用にも程がある。下段、突きの構えなども教えてやったであろうが。……だが」

大きく溜め息をついた後、助右衛門は唇の端で、小さく笑った。他人には表情が変化したのか分からぬほど、微かな笑みだ。

「今の打ち込みは、良かった。刃筋といい気迫といい、見事であった」

「おお、誉めてくれるのか」

「ことわざに『馬鹿の一念、岩をも砕く』とある。おまえの上段打ちでは俺を倒せぬが、いずれ、この河原の石くらいは、割れるようになるかもしれぬ」

「なんだ、やはり嘲っておるのか。しかし俺には、それで十分かもしれぬな」

主膳は頭を抱え、笑った。

「おい、そろそろあれを」

急かされる。主膳は、白い歯をのぞかせたまま頷いた。

「十内《じゅうない》、酒を持ってまいれ」

十内とは家来である。供に連れてきていた。

主膳の馬を世話していた十内は、呼ばれるとすぐさま岸辺に走った。そして川の中から、小ぶりな瓢簞《ひょうたん》を取り出した。中身は、酒である。川で冷やしておいたのだ。

稽古の場となっているのは、逢瀬川《おうせがわ》という。安積《あさか》郡《ぐん》（郡山市）の中央を、西から東へと流れている。この河原は安積郡の西部にあり、上流に位置している。そのため夏でも川の水は冷たかった。

主膳は、十内から瓢箪を受け取った。一緒に盃も渡される。助右衛門も供を呼び、盃を手にしていた。手頃な石を見つけると、二人で腰をおろす。主膳は、助右衛門の盃に酒を注いでやった。それから自分の分を満たす。

「いざ」

盃を掲げる。手合せが終わると、いつも酒を飲むのが慣わしだった。前回の手合せに負けたほうが、次の稽古で酒を奢《おご》る、という取り決めである。先月は主膳が負けたので、十内に持たせてきたのだ。そして来月も、こちらが用意しなければならない。稽古できればの話だが。

「うまい」

「うむ。よく冷えている」

一気に喉を鳴らし、同時に嘆息した。

瓢箪に詰めてきたのは、濁り酒である。それも杜氏が仕込んだものではない。百姓が片手間につくった、粗悪なものだった。濁り酒の上澄みをすくい取った『中汲み《なかぐ》』を入手できなくもない。主膳は、二八六貫（二千石）を産する富田村の領主なのだ。ところが助右衛門のほうが、酒の味にまったく頓着しなかった。富田の百姓がつくった濁り酒で申し分ないのだそうだ。

「どうだ。今日の酒は、いつもより味が良いだろう。昨秋、収穫した稲が上々の出来栄えでな。その米で仕込まれたものだ」

「主膳、おまえは米の質まで調べておるのか」

「当たり前ではないか。村での暮らし全てに気を配るのが、領主たる者の務め」

「われらは単なる地頭《じとう》ではない。武将なのだぞ。武将とは合戦に勝つことを、なにより第一に考えるもの」

「それはそうだが……。しかし武将とはいえ毎日、合戦をするわけではあるまい。武将でも平素は旨いものが食いたいし、旨い酒が飲みたいではないか」

「おまえは変わっている、主膳。戦人《いくさびと》とは、衣食住に執着したりせぬ。常在戦場。それが戦人としての心構え」

この河原は、富田村と片平村の境目にあたる。ふたつの村は隣同士なのである。しかし住人の気質はまるで異なる。どこか鷹揚な富田に対し、片平は常に緊張した空気で満たされていた。昔からではない。助右衛門が支配するようになってからだ。

じつは助右衛門は、安積の人間ではない。北にあ

る安達郡・小浜《おばま》（岩代町）の生まれだった。小浜城主・大内定綱《おおうちさだつな》の実弟なのである。

十三年前の天正《てんしょう》四年（一五七六）秋、大内定綱は田村郡・三春城（三春町）の田村清顕《たむらきよあき》と手を組み、安積郡に侵攻。片平城（片平町上舘）を包囲した。当時、両者が敵対していた会津の太守・葦名盛氏《あしなもりうじ》の勢力を、少しでも後退させるのが狙いだった。大内と田村の猛攻によって、片平城は陥落。このときの城攻めで最も華々しい戦功を挙げたのが、当時二十六歳だった助右衛門。褒美として彼は片平城主となり、大内から片平へと改姓したのである。

一方、富田家も代々、会津に属していた。鎌倉に幕府があった頃（一二〇〇年代）より、葦名家の宿老という重責を担っている。とはいえ、奥州の諸大名から一目置かれる存在なのは、会津に定住する本家のほうだった。

祖先が安積に築いた富田城（富田町向舘）は、富田家発祥の地ではあるが、分家が預かるかたちとなっていた。庶流の筆頭格は、主膳。そこで十四歳になると本家から、城を任されるようになった。十八年前の話である。

「俺は富田城主。しかし、幾多の修羅場をくぐり抜けてきた、とは自負できない。そのせいか常在戦場などと言われても、身が引き締まる思いがせぬ」

「富田は、長いこと会津の庇護下にあるからな」

　葦名家は、大大名だ。南奥州で葦名と互角に渡り合えるのは、米沢の伊達しかいない。もし、他の大名が安積の富田城に手を出したら、葦名を本気で怒らせることになる。おかげで主膳は、大きな戦を回避してこられたのだ。十三年前、助右衛門たちが片平城に攻め寄せた時、大内も田村の軍勢も、富田の領内には一歩たりとも足を踏み入れなかった。逆に片平城は若干、葦名と距離を置いていたために、他家の餌食となってしまったのである。

　葦名の強さは、間近にいないと実感できない。助右衛門も、会津と山ひとつ隔てた地に住むようになって、それを理解したらしい。七年前から田村と袂を分かち、葦名の麾下《きか》に加わっていた。

　みると助右衛門の盃が、空になっていた。主膳は新たに一杯、注いでやる。小ぶりな瓢箪なので、三合しか量はない。これも慣わしだった。酔うほどに飲むまいと決めているのだ。

「栄枯盛衰。それが人の世だ。いかに葦名が大勢力とは申せ、いつかは衰えよう。富田にも、後ろ盾を失う日が訪れるかもしれぬ。いざという時に備えて武芸に精進しておくことだ、主膳」

「葦名が衰退？　畏れ多いことを申すな。……と、以前の俺ならば、たしなめたであろうな」

まったく合戦をしなかったわけではない。葦名の陣触《じんぶ》れに従い、田村の領地に攻め入ったこともある。助右衛門と懇意になったのも、葦名のもとで共に戦ったからである。彼の兄、大内定綱は悪名高かった。主君の石橋氏を滅ぼし、東安達郡にて一国一城の主へと成り上がったのである。味方になっても、すぐに裏切る。寝返りはともかく、奥州において下剋上を成した例は珍しい。その兄の評判が、助右衛門にも影響していた。葦名の陣中では「油断ならぬ輩」と警戒されていた。実際、田村から葦名へと鞍替えしたのだから、当然なのかもしれない。

七年前、主膳も周囲の噂を耳にしていた。それでも声をかけたのは、領地が接しているからである。最初から、さほど嫌な印象を受けなかった。だから他の武将のように、助右衛門を疎んじようという気にはなれなかった。

「葦名の力は弱まった。誰の眼にも明らかか？」

「無論。小さき土豪は、大名に従わねば生きていけぬ。一族と所領を守るため主君を転々とするのは、戦国の世を生きる土豪の宿命」

午後になり、さらに風が強まっていた。木々の葉が、吹き飛ばされている。無理やり枝からもがれ、風のなかに青々とした匂いを残して、舞っていった。

「主膳、俺の血は大内の血。成り上がり者の端くれよ。成り上がり者は、時流を読むのには長けている。言わせてもらえば、もはや葦名に昔日の面影はない」

「それは認めざるを得ぬな。あれだけ不幸が続けば」

悔しいが、助右衛門の言うとおりだった。葦名家ではこの数年で、次々と当主が若死にしているのだ。盛興は三十二歳、盛隆二十五歳、亀王丸《かめおうまる》に至っては、三歳で早逝してしまった。結果、常陸国（茨城）から佐竹義重《さたけよししげ》の三男・義広《よしひろ》を養子に迎えていた。

「佐竹から、義広さまをお迎えすることに反対した家臣は、大勢いた。たとえば我が本家の、富田氏実《とみたうじざね》さま」

「氏実どのは昔から、伊達と親交が深かったそうだな。そこで亀王丸さまがお亡くなりになると、伊達政宗の弟・小次郎を養子にと考えられたとか」

「黒川城（若松市）では相当、話が紛糾したらしい。最終的には佐竹を頼る一派が、強引に押し切ったようだ」

「葦名と伊達は、これで完全に手切れとなったな」

「それでも黒川城内は、いまだ伊達派と佐竹派による政争の舞台。葦名の屋台骨は、折れかかっている」

嫌なものだ。主膳は顔をしかめた。権力争いは、どうにも好きになれない。気を紛らわすかのように川面を見つめた。雲の多い夏空が、映し出されている。

「主膳、ご本家が伊達派の頭目ということは、おまえも義広さまには臣従できぬと内心、憤っているのか？」

視線を戻す。助右衛門。声音だけでなく、表情も抑揚を欠いている。この男は何が起ころうと、決して感情をおもてに出さないのだろう。冷酷に徹する。そうでなければ安達郡の地侍《ちざむらい》から、小さいながらも一国一城の主にまで立身できなかったはずだ。

「左様なことはない。紆余曲折はあったと申せ、義広さまが葦名の当主におなりになられた。臣たる者あとは黙って義広さまに命を奉げるまで」

盃には酒が注いであった。思い出し、一気に飲み干す。

「腹芸はやめだ、助右衛門。まわりくどい物言いは、どうも性に合わぬ。おまえと俺の仲だ、はっきりと申せ。すでに伊達へ内通している、と」

助右衛門が眉根を、微かに震わせた。それだけで十分、動揺していることが分かる。おそらく折をみて、自分から寝返りを打ち明けるつもりだったのだろう。ところが、きっかけを見つけられずにいた。そこへ逆に言い当てられてしまい、たじろいでいるのだ。

「なぜ知っている」

「勘だよ。おまえの立場になって考えてみただけだ」

伊達が不穏な動きをみせていることは薄々、感づいていた。――笑いかけて、やめる。目の前にいる男が今、はじめて苦悩の色を浮かべていたのだ。

「……伊達政宗が会津併呑をもくろんでいるのは、周知の事実。小次郎の養子入りが失敗した今、武力で葦名をねじ伏せると決心したそうだ」

澱みのない口調。やはり今日、告白する気だったのだ。

「政宗は天運に恵まれている。人取橋《ひととり》、郡山での合戦。いずれも寡兵で大軍と対峙しながら、勝った。政宗ならば、衰えた葦名など雑作もなく滅ぼすであろう」

低い声がこぼれる唇。白く渇き切っていた。

「主膳、おまえも伊達につけ」

「なんだと」

「いかにも俺は、伊達に内通した。そして指図も受けている。……主膳、数日のうちに政宗は、会津討伐の軍をおこす。安積から楊枝峠《ようじ》(現中山峠)を越え、葦名領へなだれ込む手筈だ」

「安積……。安積から来るのか」

意外だった。会津と米沢は、檜原峠《ひばら》(北塩原村)を境に隣接していた。檜原では長いこと、葦名と伊達の睨み合いが続いている。そのため、おそらく義広をはじめ宿老たちは皆「政宗は北の檜原から襲来する」と信じているに違いない。東の安積から来るなど、誰ひとりとして予想していないはずだ。それは主膳も同じこと。

「もし伊達軍が侵攻してきたら、真っ先に狙われるのは……」

「そうだ、富田城だ」

驚きのあまり、声を失った。

落ち着け。みずからに言い聞かせる。

「ご本家は、氏実さまは、そのことを御存じなのか? 我が城は、富田家発祥の地。伊達と親交の深い氏実さまが嘆願なさってくれれば、富田に戦火は及ぶまい」

「無駄だ、主膳。いくら親交があるとはいえ、氏実どのは葦名の宿老。政宗からみれば、敵将のひとり。攻略の道筋を教えるわけがなかろう」

雲が切れた。夏の陽射しが照りつけてきた。

だというのに、背中に冷たい汗が滴っている。

「氏実どのは当てにならぬぞ。伊達派ということはいざ政宗が攻めてきたら一番に謀反を疑われる。おのれを守るため、目立った動きを控えるはずだ」

助右衛門が、身を乗り出してきた。いつのまにか、額に汗を浮かべている。頬も紅潮していた。暑いのだろうか？　こちらは寒くて、しかたがないというのに。

「頼む、主膳。伊達についてくれ。俺は自分の手で、おまえを討ちたくない。会津討伐が始まれば、俺は伊達勢の先鋒を命じられる。つまり富田城を攻撃するのは、我ら片平衆なのだ」

両眼を、しっかり開いていた。

だが主膳の視界から、あたりの景色が消えていた。

主膳――。何者かが自分を呼んでいる。

助右衛門の声。遠い。どこにいるのか？

声。また誰かが、自分を呼んでいる。

頭の後ろのほうだ。脳裏。記憶の中。後ろ姿。

近づく。相手が振り返った。――富田義祐《とみたよしすけ》。父だ。

「主膳、おい主膳。気を確かにせい」

肩を、激しく揺さぶられていた。我にかえる。助右衛門が、そこにいた。逢瀬川の河原で腰かけたままだった。

「……。伊達には与せぬ。おれは葦名を裏切らない」

恐怖を払拭しようと、腹の底から息を吐き出す。

「裏切らない、いや裏切れないのだ。なぜなら俺は謀反人の血をひいているからだ」

「どういう意味だ」

「二十八年前。永禄《えいろく》四年（一五六一）のこと。当時の葦名家は、盛氏さまが当主だった。盛氏さまには、氏方さまという庶兄がおられた。氏方さまのほうが先に御生まれになられたのだが、母が身分卑しき者だったゆえ、葦名の当主になれなかった」

「永禄四年。おまえは四歳か」

「氏方さまと盛氏さま。不仲な御兄弟であったそうだ。家を継いだ盛氏さまは、ある家臣に氏方さまを預けて飼い殺しにした。……その家臣というのが我が父、富田義祐。俺と同じく分家として、安積の城を任されていた。父は、妾腹というだけで会津から安積に遠ざけられた氏方さまを、不憫に思ったらしい。そこで兵を募り、盛氏さまに謀反を起こしたのだ」

「あの富田が、葦名に謀反だと？」

「富田といっても分家。非力だ。父は奮戦なされたが、結局は負けた。氏方さま共々、首を討たれた。本来ならば、そこで安積の富田家は滅びるところであった。ところが決起に至る経緯を知った盛氏さまが、存続をお許しになられたのだ。それで富田義祐

の忘れ形見である俺は、十四歳で元服するのと同時に、家を継ぐことができた」

　唇を噛む。みると助右衛門も、同様にしている。

「二十八年前、謀反人の子として死ぬはずだった。それを葦名に救われた。長じてから俺は思った。政争に首を突っ込まなければ、父は死なずに済んだだろうと。だから俺は、決して会津の国政に口を挟むまいと誓ってきた」

　これまで胸の内に秘めてきた事実だった。誰にも語るまいと努めてきた。だが、こうして吐露してしまった後、妙に晴々とした気分がする。

「主膳よ。おまえが普段から、村の開墾にばかり精を出していたのは、そのような過去を背負っていたからか」

「合戦で手柄を立てれば、主君に認められ国政に関与する身となる。となると、あとは権力に溺れて他人を不幸にするだけ。俺は、そう思っている。助右衛門、俺は他人に命を救われ、今日まで幸せに生きてこられた。生きている。それだけで幸せなのだ。我が村の者たちにも、同じように感じてほしい。生きる実感とは何か？　旨いものが食え、旨い酒を飲めた瞬間ではないか？」

「辻褄が合わぬ。では、なにゆえ五年もの間、俺と剣の稽古に勤しんできたのだ？」

「よく考えてみろ。俺の剣術は、いかなる時も上段からの打ち込みだったではないか」

短い沈黙――。助右衛門は頭が良い。そのわずかな間で、すべてを察したようだ。

「土を耕す、鍬の振るい方か」

「稽古のおかげで、村の田畑が増えた。礼を申すぞ」

「してやられたな」

助右衛門が、満面の笑みを浮かべた。


「ふん。だが、おかげで俺も今日まで、旨い酒が飲めてきたのだ。損はしておらぬ」

「富田の百姓が仕込んだ酒。飲めるのは、今日かぎりとなったな」

助右衛門が、葦名から伊達に寝返る。稽古の前に、覚悟はしていた。変幻自在なのは剣術だけではない。彼の生き方そのものなのだ。しかし敵味方に分かれて直接、戦うことになるとは、夢にも思っていなかった。

「実際の合戦は、剣の腕前だけでは決着つかぬ。俺の采配を見くびるなよ、助右衛門。一泡吹かせてやるわ」

「肝に銘じておこう」

「せっかくだ。今日はもう一本、手合せしておくか」

立ち上がり、木刀を握った
向かい合う。一礼を交わしてから、間合いを取った。

「手加減するなよ」

主膳は、上段に構える。

「当然だ」

助右衛門は、正眼。

気づかぬうちに、風がやんでいた。夏空から雲が流れ失せ、硬質な蒼さに一面、染まっていた。

気合。発したのは助右衛門。先に打ち込もうというのか。負けじと主膳も、闘気をみなぎらせる。互いに半歩、にじり寄った。後手は踏むまい。それが富田主膳の戦い方だ。跳躍。わずかに主膳のほうが早い。先手をとった。上段からの一撃。相手は受けにまわる。木刀と木刀が音を鳴らす。先刻と同様、鍔ぜり合いとなった。今度は、ずらされまい。鼻息を荒げ、精一杯の力で押す。不意に、抗う力がゆるんだ。ついに助右衛門の切っ先を払いのけたのだ。

すかさず主膳は、額を寸止めにした。

「勝負あり」

「待て。おのれの股間を、よく見てみろ」

言われてみると、押し退けたはずの切っ先が、股間に当てられていた。戦場ならば、致命傷である。

「相討ちだな」

助右衛門が、微かに笑う。主膳は唸り、木刀をおろした。まさか相討ちを狙ってくるとは思わなかった。力負けしたのではなかったのか。額を打たれるのを承知のうえで、わざと切っ先を引いたのか。

「最後の勝負は、引き分けか」

「そういえば、引き分けの取り決めをしていなかったな」

「うむ。瓢箪も、もう空だ」

思案する。しばらく無言が続く。ややあってから主膳は木刀を放り捨てた。石に置いてあった盃を二つ、手にする。そして助右衛門に、ひとつを差し出した。

「どうだ。引き分けならば、川の水を飲むというのは」

「水？　それでは別れの盃になってしまう」

「なればこそ、この場に相応しい」

逢瀬川を見た。富田と片平にまたがる川。この流れは、助右衛門との絆の証だ。川筋が、ずっと変わらないでほしい。遠い未来まで富田と片平を潤してほしい。

「主膳。ここで手合せした日々のこと、決して忘れぬぞ」

主膳は黙ったまま、大きく頷いた。何か言うべきなのだろう。だが、思いを言葉にできない。

知り合って七年。

稽古を共にするようになって五年。

短い歳月かもしれないが、助右衛門と木刀を打ち合う時間は、痛快だった。酒を飲み語らう時間は、この上なく楽しかった。

「いざ」

水盃を掲げる。一気に飲み干した。

第三話
「阿鶴《おつる》は城主」

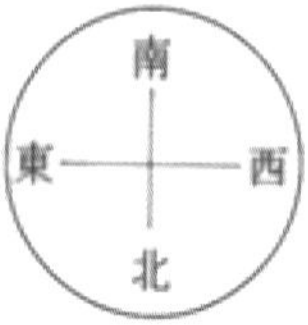

富田城予想復元図

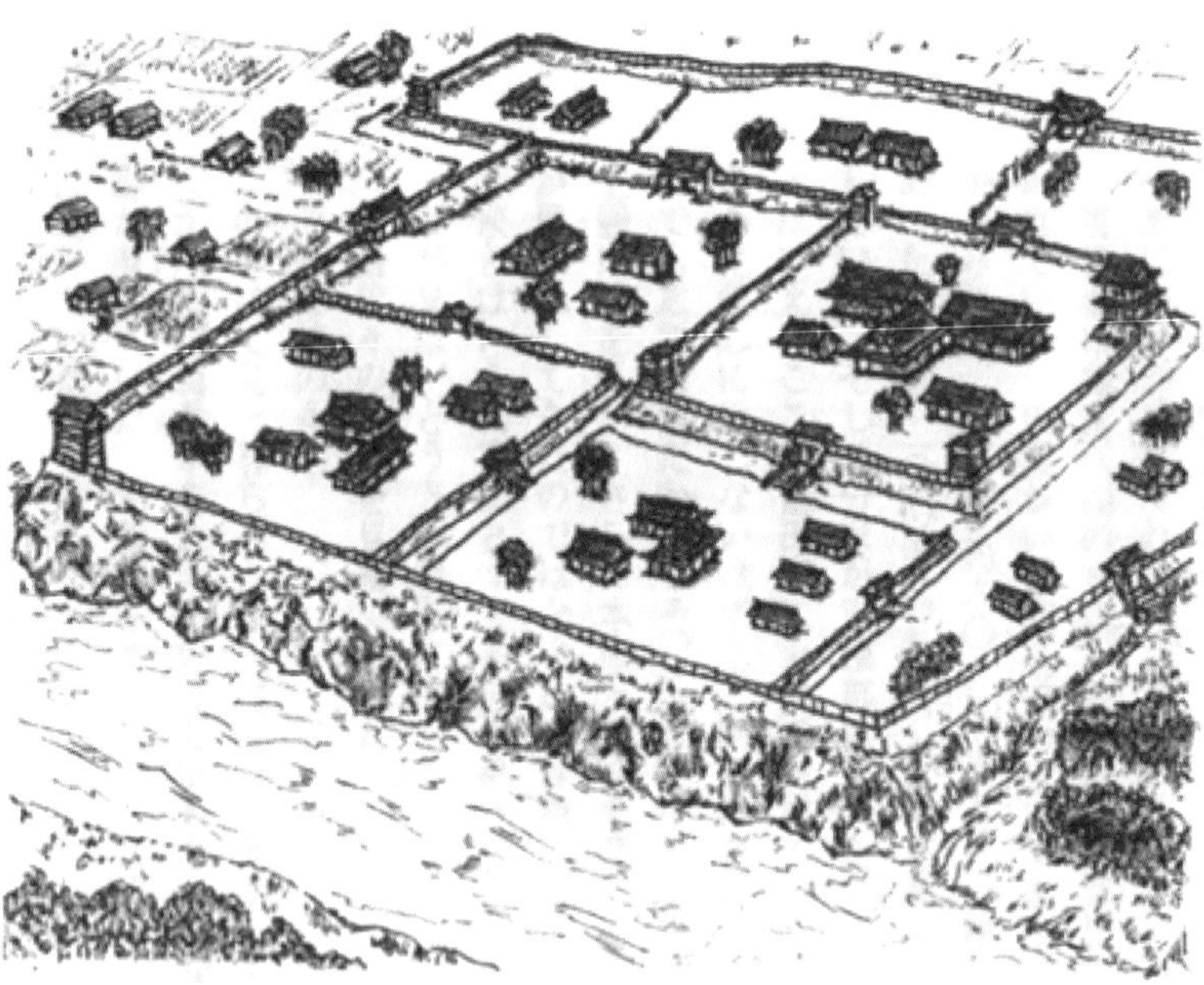

＊

夫が帰ってきた。首だけとなって――。

夫の死に顔には、無念さがにじみ出ている。それでも阿鶴《おつる》の胸中には、微かな安堵感が漂っていた。武将の家族にとって、主人の首級《しるし》を敵に授けてしまうほど、屈辱的なことはないのだ。

「じつに、ご立派な最期でございました」

首を持ち帰ってくれた家臣が、かすれた声で言った。

「鬼神のごとき戦働きでございましたが、疲れ果てたところを敵の先鋒、片平助右衛門の手勢に包囲され……」

夫が死ぬことは、朝には分かっていた。二万という大軍に、わずか三百の手勢で真正面から突撃していったのだ。討死というより、自殺にちかい死に方である。

阿鶴は、半開きになっていた瞼を、指で閉じてやった。そして自らも瞑目し、首に対して静かに手を合わせる。

富田主膳《とみたしゅぜん》のもとには、十七歳のときに嫁いできた。八歳年上の夫。武家同士の政略結婚である。嫁に行けと命じたのは富田家の惣領、兄の氏実《うじざね》だった。

それから七年――。子宝には恵まれなかったが、我ながら仲睦まじい夫婦であったと思う。

「大儀でありました」

首を運んでくれた家臣に、ねぎらいの言葉をかける。

そのまま阿鶴は、夫の首を城内の目立たぬ所へ、埋めてくるよう命じた。季節は、五月（新暦七月）半ばを迎えている。遺骸はすぐに腐敗してしまうだろう。夫の首が悪臭を放ちはじめる前に、土へと還してやりたい。

墓は不要――。夫の遺言だった。城こそが自分の墓標であると。ならば、この富田城（富田町向舘）のどこかに埋葬してやることが、夫への最高の供養となるだろう。

富田主膳は、最愛の人だった。伴侶としても、仕えるべき主君としても。阿鶴には、そう言い切れる。それでも夫の死に相対した今、なぜか涙が出てこなかった。むしろ心中にて燃えさかっているのは、はげしい怒りの炎なのである。

「兄上が後詰に来てさえくれれば、殿は死なずに済んだかもしれぬのに」

広間には自分しかいなかったが、恨みごとは唇の裏側で小さくつぶやいた。

阿鶴の兄、富田氏実は会津にいる。会津を支配する大名・葦名義広に宿老として仕えているのだ。

葦名家中における富田氏実の発言力は、絶大だった。

だからこそ阿鶴は今朝まで、兄が会津の軍勢を率いて、援軍に駆けつけてくれると信じていた。

富田城は猪苗代湖の東隣、安積郡（郡山市）に築かれている。氏実がいる葦名家の本拠・黒川城（若松市）からみれば、十五里（約六〇キロ）も遠方だ。

鎌倉に幕府があった大昔（一二〇〇年代）から、富田本家は会津に臣従していた。そして分家が安積郡に残ったと聞いている。とはいえ、ここは富田家にとって発祥の地であった。まさか見殺しにはしないはずと、阿鶴は考えていた。これまでも重要な城だからこそ、分家の中でも筆頭にあたる主膳に城を任せ、さらに本家との絆を深めるため、阿鶴が輿入《こしい》れしてきたのではないか。縁組によって主膳は、分家とはいえ氏実にとって義理の弟となったのだ。

だが兄は、とうとう後詰に来なかった。

先祖代々の土地を見捨てたのだ。

そして妹の命も……。

会津にて兄と暮らした日々は、ごく僅かなものでしかなかった。可愛がられたという記憶もない。なにしろ年齢が離れていた。阿鶴が生まれた時、氏実はもう十九歳に達していたのである。

氏実は、阿鶴が物心ついた頃には、すでに亡父・富田滋実《しげざね》の跡を継いで領国の政治に携わっていた。妹と遊んでやる暇などなかったのだろう。

富田家は、佐瀬、平田、松本とともに『葦名四天王』と呼ばれる名門。代々、当主は外交を任されてきた。その重責たるや他の家臣たちとは、わけが違う。そのせいか幼き頃の眼に映った兄は、いつも気難しげに眉をひそめていた。この年齢になって思えば、家中での派閥争いに躍起だったのだ、と理解できる。兄にとって大事なのは家族や兄妹ではなく、いかに葦名家中で勢力を保持するかの一点に絞られていたのである。そう結論づけると、兄が来援しなかった理由も、おぼろげに分かる気がした。

今回の戦は、会津自体にとっても危急存亡の時なのである。かつて南奥州に覇を唱えた葦名家も、数年前から衰退の一途をたどっていた。世継ぎに恵まれなかったのが原因だ。奥州最強と謳《うた》われた葦名盛氏のあと、盛興、盛隆、亀王丸と相次いで若死にしてしまったのである。結果、常陸国（茨城）から佐竹義重の三男・義広を養子として迎え入れることになった。ところが家中には、義広に反感を抱いている者が少なくないと言う。

つまり葦名家は、内紛状態にあるのだ。そのような窮状にも関わらず、もし氏実がおのれの領地だけを守ろうと奔走したら、どうなるか。当然、家中における政敵から「私利私欲にはしった」と非難されるに違いないだろう。下手すれば、失脚につながりかねない。それを理解していたから氏実は動かなかったと、今にして思う。

阿鶴は小さく、溜息を漏らした。――なぜ自分は兄を当てにしてしまったのだろう。これほど器量の小ささを知っているというのに――。ふと、兄の面貌が脳裏に浮かんだ。ほそく尖った顎。切れ長な双眸。今年で四十三歳になった氏実には、どこか狡猾な雰囲気が漂っている。そういえば自分は、兄によく似ているらしい。思い出した途端、背筋に虫酸がはしった。

それに比べると夫の主膳は、外見も内面も爽快な男だった。富田の城主といえば、葦名家における政争に首を突っ込もうと望めば、できないこともない地位であるという。それでも夫は日頃から、まるで興味がないといったふうだった。戦がない時は百姓

たちと泥にまみれ、率先して田畑を耕していたのである。荒地を拓いて新田を増やす。それだけが主膳の願いだった。

元来、争いを好まぬ気質だったのである。笑みを絶やさぬ丸顔。容姿からも野心家の雰囲気が感じ取れなかった。主膳は、心の底から富田の村人を愛していただけであった。おのれの守るべきものを知っていた、好漢だったと言えるだろう。

それゆえに今日、無謀な戦いを挑み、散ってしまった。

もし主膳が籠城の道を選んでいれば、戦が長引きそのぶん百姓たちが苦労したはず。そうはさせまいと、城外での決戦に挑んだのである。戦わずして降伏開城という手もあった。だが夫は、葦名に忠誠を誓っていた。主君を守るため、せめて一矢は報いておかねばならなかった。それでも大将である自分さえ死んでしまえば、富田での戦は終わる。村人たちに危害は加えられない。主膳はそう決意して、出陣していったのだ。

しかし――。残念ながら夫の読みは、はずれた。敵は今、この城を攻撃している最中だった。

「ご注進」

血みどろになった武者が、阿鶴のいる広間に駆け込んできた。片膝をついて一礼すると、息を荒げながら悲痛な声を上げる。

「申し上げます。敵勢、本丸の大手門に殺到中」

「来たか。して、先陣を切るのは何奴？」

「片平助右衛門《かたひらすけうえもん》かと。残る城兵、一丸となって食い止めてはおりますが、もはや本丸に攻め込まれるのは必至」

つまり落城は目前と、言っているのだ。

阿鶴が黙って頷くと、武者は再び乱戦の場へと、取って返して行った。

「伊達政宗……。独眼龍め、やはり富田城を根絶やしにするつもりのようですね」

若干二十三歳ながら、残酷きわまりない戦い方をする。阿鶴も耳にしていた。四年前の天正十三年（一五八五）には、安達郡（二本松市）小手森城《おでのもり》にて、兵だけでなく老人や女子供までも撫で斬り《なぎ》（虐殺）にしたという。

その噂を聞きつけた主膳は、戦とは無関係の者たちを、伊達勢が来襲する前に、近くの山林へと避難させていた。そのため城内に残っている女は、阿鶴しかいない。

伊達政宗は今年になってから、これまで伊達と勢力を二分してきた葦名と雌雄を決するため、安積から会津へと侵攻を企てていた。葦名を滅ぼし、奥州の王とならんとする欲望をむき出しにしている。

その手始めとして政宗は、安積郡内で葦名に属する城を、片っ端から陥落させていた。すでに富田領内でも、六つの砦が落とされている。いずれでも伊達勢は、容赦なく守勢を撫で斬りにしてきたという。会津を威嚇するためだろう。伊達に逆らう者は皆殺しと喧伝し、葦名に味方する者たちへ揺さぶりをかけているのだ。

「どうやらこの城も、伊達の強さを教え広める、格好の見本となってしまうようですね」

もともと富田城は、大軍を迎え撃てるほど堅固な備えではない。――城の北側こそ逢瀬川の急流と、その流れが削り出した断崖によって守られてはいる。だが、西から南、東にかけての半円状は、敵を遮るものがない平地なのである。

そのこともあって主膳は、籠城するのは不利と判断し、あえて野戦を仕掛けたのだった。いや、城が使い物にならぬため、仕掛けるしかなかったのだろう。

　東のほうから、怒声と悲鳴が響き渡った。廊下越しに見える夏空を、徐々に黒煙が浸蝕していく。

　大手門が突破されたらしい。

　もうじき敵勢が、この広間にもなだれ込んで来る。

　もはやこれまで――。阿鶴は懐に手をのばし、短刀の柄を握りしめた。敵に見つかれば、生け捕りにされてしまうだろう。武家の女として、虜となるのは恥辱以外の何物でもなかった。

　そしてもうひとつ、死なねばならない理由がある。

　夫の死後も、城に籠って徹底抗戦を決めたのは、他でもない阿鶴なのだ。

　仮に城主が死んで跡継ぎがいない場合、未亡人が城主の権限を代行する。これが、乱世における慣わしとなっていた――。この慣習に従うと、嫡男のいない主膳の次に、城主を務めるのは、阿鶴しかいないのである。

　じつは夫の首が届く一刻（二時間）前には、すでに主膳の死が報告されていた。直後から城の命運は阿鶴の手に託されたというわけだ。

「降伏開城はせず、残る者たちで戦いを継続すべし。いざ、城を枕に討死せん」

　阿鶴は、そう命じていた。断言すると、評定のため集まっていた家臣の中には、涙ぐむ者もいた。夫を失いながらも武門の意地を貫こうとする、気丈な未亡人。彼らの眼には、そう映ったのかもしれない。

　戦いは続けられた。

　結果、富田城は滅びようとしている。

　女とはいえ阿鶴は、城主として城が落ちてしまった責任を、死で償わなければならなかった。

　それも、武家の慣わしなのである。

「こんな城、完膚なきまで破壊されればよい」

選択に過ちはなかった。阿鶴は確信している。跡形もなく滅び去ることで、兄を後悔させてやるのだ——。富田家にとって、聖地とも言える土地を見捨てた氏実を、阿鶴はどうしても許せないままでいた。

鞘をはらう。覚悟の意味で、そのまま投げ捨てた。介錯を頼める者はいない。一撃で、みずから息を絶たねばならなかった。

以前、夫に教えてもらった自刃のやり方を、阿鶴は頭に思い描いてみる。

たしか——。両手で柄をしっかり握りしめ、首元に刃を当てる。そしてそのまま、勢いよく前に倒れればよい。そうすれば、倒れた勢いで刃が首に刺さり、みごと自害を遂げられるはず。

意を決し、背筋をのばす。

「さらば兄上。死した後には怨霊となって、必ずや兄上を祟ってみせましょうぞ」

阿鶴が、前方へ身を投げ出そうとしたその瞬間、

「御方様《おかたさま》、お待ちくだされ」

と、いきなり一人の武者が飛びついてきた。

「御免」

そのまま武者は阿鶴の手をつかむと、懐剣を奪い取ろうとする。必死で抗ったが、女の非力さでは到底、敵うはずもなかった。

「なにをいたす。無礼であろう」

空になった両手を激しく膝に打ちつけながら、阿鶴は相手を睨みつけた。

「女といえど、自刃は晴れの場。なぜ邪魔をした？」

武者の名は、十内《じゅうない》。三十歳になる古参の家来である。彼は答える前に、床に転がった鞘を拾い上げ、懐剣を収めていた。


「ご無礼、平にご容赦願います。火急のときなれば、あのようにするしかございませんでした」

十内は、やや後方に下がって平伏した。いくら手をのばしても、懐剣を奪い返せない間合いである。

「火急の時？　何を申す。火急の時だからこそ、私は自刃いたすのですよ」

阿鶴は相手を正面から見据え、手を差し出した。

「さあ、刀を返しなさい」

「それはなりません」

十内は、毅然と言い放った。

「時間がございませぬゆえ、手短に説明いたします。御方様、じつは拙者、ご本家の氏実さまより、密かに命を受けております。その仔細とは、これより御方様を会津へお連れせよ、というものなのです」

「なんですと」

「氏実さまは万が一、城が落ちるような事態となれ

ば、御方様だけには落ち延びてほしいと、お考えでございました。そこで三日前、拙者が会津に呼ばれました。氏実さまはその場で、必ずや御方様を脱出させるよう、お命じになられましたのでございます」

十内は言葉を切るや否や、いきなり立ち上がると阿鶴の腕を引っ張った。

「お急ぎくだされ。敵は、もうすぐ主殿にまで攻め寄せてきます。すみやかに城外へと脱しなければなりません」

この男は家臣の中でも、ひときわ身体が大きく力も強い。小柄な阿鶴には、嫌がることすらできなかった。いや、気が動転して拒否する間もなかった。気がついた時には、もう担がれてしまっていたのである。十内は、頬や顎が角張っているだけでなく、体全体が角張っていた。六尺（約一八〇㌢）ちかくある背丈。戸板の上に乗せられたような気分である。

「しばしの間、ご辛抱ください」

言うなり十内は、広間から駆け出て行った。

主殿から裏庭に来た。昼下がりの空気は、血と硝煙の臭いで満ち溢れている。阿鶴は思わず、息を詰まらせた。

銃声。広間に座している時はさほど気にならなかったが、外に出たとたん脳髄を震動させるほど、凄まじい轟音に聞こえる。

怒号。振り返る。黒い当世具足《とうせいぐそく》で身を固めた兵が、こちらに駆け寄ろうとしていた。見覚えのない顔。伊達の者だ。自分を殺しに向かってきている。悲鳴をあげようとした刹那、粗末な胴丸を付けた足軽が廊下から庭に転がり出てきた。味方だ。黒具足に体当たりして、行く手を阻んでくれたのだ。

「十内。御方様を頼んだぞ」

黒具足の腰に組みついたのは、太吉《たきち》という百姓だった。年老いながらも足軽として、戦に加わっていたのである。太吉の声に応じたかのごとく、十内の足が速まった。敵と揉み合う太吉の姿が、どんどん小さくなっていく。

「御方様、しっかり摑まっていてくだされ」

　裏庭に面した林の中を走り抜けていく。十内の身ごなしは、巨躯に似合わず軽やかだった。疾駆。鎧をつけ、おまけに人を背負っているとは思えないほど、足が速い。

　林の奥に達した。木々に囲まれていると、薄暗い。だが静寂な場ではない。戦の悲痛な叫びは、ここまで届いてきている。太吉は無事かと、阿鶴は考えた。いや、今日まで従順に仕えてきてくれた村人たちは皆どうなったのか？　嫁をもらったばかりの若者がいた。もうすぐ孫が生まれると、嬉々としていた老人もいた。村人たちの平穏な暮らしを守るため、主膳はおのれの身を犠牲にした。だが阿鶴が、それを台無しにしてしまったのである。誤った道を選んだのか——。自問する。自分が滅ぼしたかったのは、富田の城だけ。そこに住む村人の命まで、奪おうとは考えていなかったのだ。

　林を抜けた。そこは、もう城の外だ。だが、逢瀬川の急流と直角の断崖が、前方に立ちはだかっている。

　崖の突端まで達すると、十内はいったん足を止めた。そして阿鶴を背から下ろすと、腰に巻いた麻縄を、素早く解いていく。

「この縄で御方様を、拙者の背に縛りつけます。それから崖を、ゆっくりと降りていきます」

　崖から下方に眼を向けると、対岸に敵勢の姿はなかった。おもわず安堵の溜息を吐《つ》く。

　その瞬間、安堵している我が身に驚いた。

助かろうというのか、自分は？

このまま、あの憎い兄の元に帰れと……!?

縄をしごき、強度を確かめている十内を眺めながら、阿鶴は逡巡した。本当に、これで良いのだろうか？　自分だけ生き長らえることに、意味があるというのか？

氏実が自分を見捨てていなかったと知った時、本当は嬉しさのあまり、目頭が熱くなっていた。はじめて兄の優しさに触れたのだ。幼い頃に父が亡くなり、いつの間にか十九歳年上の氏実を、父親代わりに思ってきた。だから娘のように愛されたいと願ってきたのである。

ところが密命を聞かされた際、心にあった別の感情が、涙を流すのを拒んだ。夫が死んでも泣かなかった自分が、兄に救われると分かった瞬間には、喜びをあらわにして良いものなのか？　心の拠り所となっていたのは、いったい誰なのか？

そもそも、無意識のうちに兄の優しさを求めていた、自分の本性が腹立たしい。

私は、戦国の世に生を受けた女だ。

女なれども武家。甘えは許されぬ。

阿鶴は、みずからに言い聞かせた。

「支度が整いましたぞ」

角張った身体から、縄が差し出される。

「このたびの負け戦、まことに無念にございます。必ずですが御方様、お気を確かにお持ちくだされ。近いうちに伊達や氏実さまが会津の軍勢を率いて、近いうちに伊達から城を奪い返してくれましょうぞ。じつの妹御であられる御方様がご生還を果たせば、きっと氏実さまも主膳さまの仇討を決心してくださることでしょう」

「十内、ひとつ尋ねます。兄上は、援軍に行けぬことを詫びておられましたか？」

「詫びる？」

十内は手を止め、首を傾げた。

「詫びるも何も、援軍に関しては一言も申されてはおりませんでしたが」

「仰らなかったのですか？　では兄上は最初から、私だけ脱出させようとお考えだったのですか？」

「おそらくは……。氏実さまは、主膳さまの御武勇を信じて、富田の城兵だけで伊達の軍勢を食い止めてくれると、お考えだったのでは？」

「……ッ」

返答を受け、頭の中に閃光がはしった。

兄の真意が見抜けたのだ。

「……小賢しや、兄上。私を助けることも、葦名家中での保身に過ぎなかったのですね。発祥の地を奪われただけでなく、血を分けた妹まで死なせたとあっては、なるほど家中の者から物笑いの種とされましょう。その種が、失脚へと発芽せぬとも限らない。だから、せめて私だけは救い出そうとお考えか……。やはり富田氏実にとって、妹の命も政争の道具でしかなかったのですね」

我にかえる。激しく憤る姿に、十内が狼狽していた。

阿鶴は短く一瞥すると、地を蹴った。

鋭い眼光に呆然とする十内。その脇をすり抜け、崖岩の切れ目に爪先をかけた。

逢瀬川。三丈（約九メートル）ほど下方で、川面にいくつもの渦が巻いている。川筋が大きく曲がりくねっているため、巨大な淵が形成されているのだ。夏空の下、上流の流れは青く澄んでいた。だが目の前にある淵は、別のもののように暗い藍色に染まった飛沫をあげている。崖の上から淵に身を投じれば、たやすく死ねるだろう。淵の底は深い。また幾重にも折りかさなる渦に呑まれたら、大人の男でも溺れてしまうらしい。

「何をなさる、危ない」

「十内、よく聞きなさい」

振り向きざまに、声を張り上げた。

「私は、ここで死にます」

「なにを申されます」

「乱心したわけではありません。私は、やはり命を絶たねばならぬのです。なれど、そなたは落ち延びなさい。私の死にざまを、会津にいる兄に報告するのです」

「……」

「そなたも武門に生まれた者ならば、よく見ていなさい。私が女ながら、武士の妻として潔く死を選ぶところを。そして兄上に伝えるのです、必ず。あっぱれなる最期を遂げた阿鶴は、富田氏実にも武士らしい、凛とした生き方を望んでいたと……」

「お、御方様」

今日の戦で、大勢の村人が犠牲になってしまった。足軽として戦陣に加えられた者。そうでない老人や女子たちも、危険な目に遭わせてしまったはず。その責任を、阿鶴が取らねばならなかった。

兄への思慕が、判断を狂わせた。今はもう認めている。阿鶴にとって、あってはならないことだった。夫の主膳が討死したら、自分が城主を務める。伊達政宗が攻めてくるずっと前から覚悟していたこと。そのときは武家の女として、毅然とした振る舞いをみせるべきだ、と思い定めていた。さらに主膳の遺志を継ぎ、富田の村人だけは守らなければならぬと。

しかし、守れなかった。自分のために身を賭してくれた太吉。そして十内も、いざとなったら自分の楯となって死んでいくに違いない。

氏実にとって守らなければならぬもの。それは富田家の繁栄なのだろう。鎌倉の世から三百余年、会津と安積にまたがる古豪として名を馳せてきた富田家。その権威が失墜してしまうことを、何より怖れている。権威が保たれるのならば多少、一族が血を流すのもやむを得ない、と考えているはず。

だが阿鶴には、家の権威のために身内が殺されていくことが許せなかった。

富田の村人、主膳、阿鶴――。分家とはいえ、おなじ富田の一族なのである。発祥の地を失ったどころか、実の妹まで救えなかった。これで富田氏実の足元は、確実に崩れる。一族を守れぬ程度の権威ならば、無くしてしまえばいいのだ。

そのことは阿鶴の現状にも言えることだった。城主として、村人を守れなかった。愚かな城主。でき

ることはただひとつ。死で償うことだけ。

ほそく尖った顎。切れ長な双眸。自分の顔は、兄とよく似ている。でも狡猾な面まで、似たくはなかった。

腰巻をほどき、投げ捨てた。七宝文様《しっぽうもんよう》の絹織。輿入れの際、兄から贈られた品である。七年間、大事に着てきたものだった。

「さらばです十内。いま申したこと、頼みましたよ」

阿鶴は、微笑した。

微笑んだまま躊躇なく、崖から淵へと身を投じた。

風に、身体が巻き込まれていく。

と同時に、意識が遠くなった。

怨霊になって崇るのは、やめておこう。

そこまで兄を憎むことはない。

女とはいえ、私も武家の者。

武士とは現世に、未練を残さぬものだから――。

ほんの束の間ではあったが、富田の城主だった阿鶴。

最後の意志も、城主としての想いだった。

第四話

「変幻自在の将」

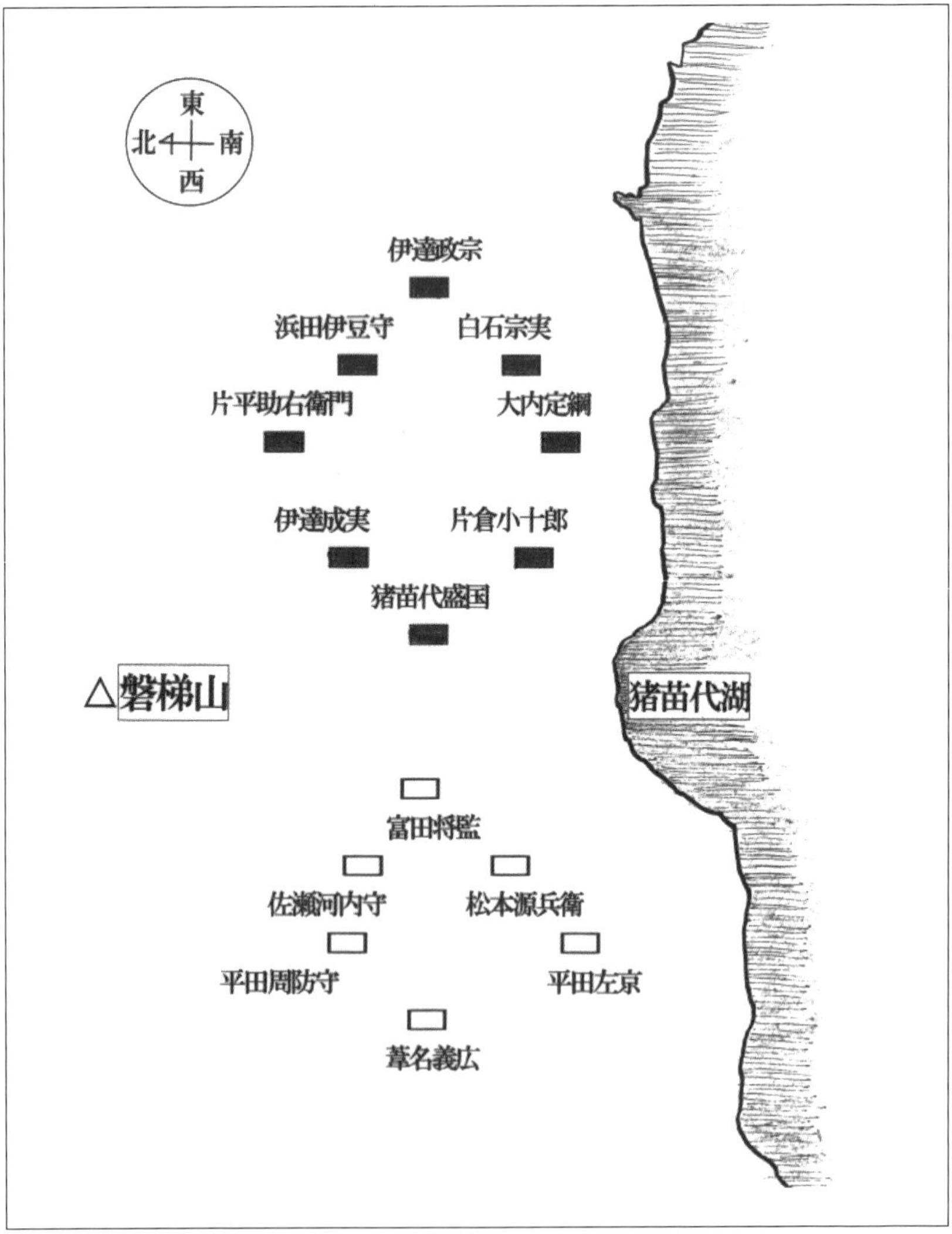
東
北
南
西
伊達政宗
浜田伊豆守
白石宗実
片平助右衛門
大内定綱
伊達成実
片倉小十郎
猪苗代盛国
△磐梯山
猪苗代湖
富田将監
佐瀬河内守
松本源兵衛
平田周防守
平田左京
葦名義広

＊

摺上原《すりあげはら》の風は、湿っていた――。南寄りから東への流れ。猪苗代湖から湧き上がった風が、磐梯山《ばんだいさん》にぶつかって向きを変えている、といった感じだ。空気のなかに水気を感じるのは、そのせいだろう。

「若様、敵が逃げ出しましたぞ」

足元に控えていた家臣が、嬉々とした声をあげる。

富田将監《とみたしょうげん》は馬上で、小さく鼻を鳴らした。

「よし。先鋒は崩した。このまま突き進み、さらに敵陣を破るぞ。――皆の者、進め」

会津に侵攻してきた伊達軍は、総勢二万。その先鋒は、猪苗代盛国《いなわしろもりくに》だった。手勢は一千ほどか。総勢五百の富田隊からすれば、相手は倍の兵力だった。にも関わらず開戦から半刻（約一時間）で、叩き潰してやった。気迫でまさったのである。富田将監だけでなく、麾下《きか》の兵ひとり一人の心にまで、猪苗代を憎む気持が強かったからだ。

四日前の六月一日（新暦八月）に盛国は、突如として葦名家と断絶。猪苗代城を、伊達政宗に明け渡してしまった。戦国の世において、合戦の直前で味方を裏切ることは珍しくない。だが富田の兵にとって、葦名から伊達に寝返った輩は、断じて許せなかった。

一カ月前、富田家発祥の地である安積郡（郡山市）の富田城が、政宗に攻め落とされていたからである。

安積の領地は、分家に預けられていた。本家の跡継ぎである将監は会津で生まれ育ったので、故郷というわけではない。それでも安積は、思い入れの深い地だった。元服前までは足繁く訪れ、城主の富田主膳《しゅぜん》に剣の手ほどきを受けていたのである。その主膳は、伊達勢に討たれた。主膳の妻で将監の叔母にあたる阿鶴《おつる》も、戦の最中にみずから命を絶ったという。敬愛する親族を二人も、殺されたのである。この合戦には主君・葦名義広を守るというだけではなく、仇討という大義も込められていた。

馬腹を鐙《あぶみ》で蹴る。愛馬がいななき、駆けだした。

戌ノ刻半（午前九時）になり、そろそろ暑さが増してくる時分である。しかし休息をとる暇はなかった。合戦は、これからが本番なのだ。前進――。逃げ遅れた猪苗代の兵を、蹴散らしていく。将監は手勢を、三段構えに配していた。先頭をいく一段目を任せているのは、安積衆。富田城から生き延びてきた者たちである。奮戦している。猪苗代勢は、安積衆だけで崩したと言っていい。彼らもまた、家族や同朋の仇を討とうと燃えているのだ。

「十内《じゅうない》、手負うてはおらぬか？」

すぐ目の前にいた兵に、声をかけた。使番として、しばしば会津と安積を行き来してくれた男である。

「かすり傷ひとつ、負うておりませぬわ」

十内は、角張った顔いっぱいに笑みを浮かべた。

「若様の御采配は、主膳さまによく似ておられます。おかげで我ら安積衆も、まこと動きやすい」

似て当然だと、将監は思った。義理の叔父である人物から、兵法を教えてもらったのである。もっとも頻繁に富田城へと通っていたのは五年前、十六歳のとき。主膳は隣村の領主・片平助右衛門との剣の稽古に、よく伴ってくれた。叔父は手合せでいつも負けていたが、侮る気にはなれなかった。むしろ、その潔さに憧れた。

勝とうが負けようが、おのれの剣をつらぬく。

主膳から学んだのは剣術だけでなく、男として生きる姿だったのかもしれない。

歳月は流れた。二十一歳になった将監は今日、初陣を迎えている。実際の戦が、稽古のようにいかな

いことは百も承知である。それでも将監は、固く誓っていた。小細工など不要。正面から敵に当たり、これを打ち破ると。

「伊達の第二陣が、押し出してまいりました」

一丁（約百メートル）ほど前方に、旗指物がなびいていた。眼を凝らす。吊鐘が描かれた旗印。現われたのは、片倉小十郎。伊達家きっての智将と謳《うた》われる男である。

「竹束を前に」

将監は即座に命じた。十数本で一つにまとめた竹束を、鉄砲の弾除けに用いているのである。片倉小十郎の部隊を一見しただけで、看破していた。前衛に、多数の鉄砲を並べていると。この距離では、まだ前衛の得物《えもの》が何なのかまでは判別できない。だが挑みかかってくるような闘気が感じられなかった。相手は受けにまわっているのだ。つまり突撃してくる富田勢を、狙い撃ちにしようと目論んでいるのだろう。

隊列が整うまで、にらみ合いの格好となった。

冷静を保っている自分に、将監は気づいた。憎悪で感情が乱れているはずなのに、それが采配を左右しない。目指す相手とまだ相対していないからだと自覚した。そう、本当の敵は、片倉勢の後ろに控えているはず。

「前線も入れ替えるぞ。安積衆、最後尾に下がれ」

将監の指図に、十内が食ってかかる。

「若様、我らはまだ働き足りませぬぞ」

「分かっている。が、安積衆に死力を尽くしてもらわねばならぬのは、ここではない」

強い口調で制すると、十内も理解したようだった。

配置換えは、迅速に行われた。会津衆が二段目から前線に立つ。組頭が支度できたことを伝えてきた。

「よいか。敵は引き金に指をかけ、いまや遅しと待ち構えておる。いくら竹束で防いでも、撃たれる兵は少なくあるまい。それでも俺は、正面から突っ込むぞ」

「望むところ。すでに命は、若様に預けております」

唇の端で小さく笑う。それを合図に、組頭は隊列に戻っていった。見届けてから将監は高々と叫んだ。

「かかれ」

兵たちが雄叫びで応える。槍ぶすまを作った足軽たちが、横一列となって走り出した。すると、すぐに片倉勢から射撃音が発せられる。

下手な指揮だ。一丁も離れていたら火縄銃は、ほとんど命中しない。

予想どおり、こちらの槍ぶすまが、あっという間に敵の鉄砲隊を突き崩した。初弾を当てられず、慌てて弾込めしているところに痛打を見舞うことが

できたのである。

互いの主力同士が激突した。将監も、槍を左脇に携えて乱戦に身を投じていく。名乗りをあげ近づいてくる敵兵は、一人もいない。片倉勢が動揺しているのは、明らかだった。頼みの鉄砲隊が、まったく役に立たなかったからだろう。

富田勢は錐《きり》のごとく鋭い陣形となり、敵陣の中央に穴を開けていく。敵の兵たちは木屑のように、右へ左へと散っていった。

風が、背中から吹きつけてくる。追い風だ。湖の水気を吸った風。どこか甘い香りがした。あたりは硝煙と血の臭いで満ち満ちている。それでも風の甘さを、はっきりと嗅ぎ分けることができた。それだけの余裕が、将監にはあった。

「若様、吊鐘の旗印が退いていきます」

あの旗印の下に、片倉小十郎がいる。つまり小十郎は負けを認めたということだ。口ほどにもない。一千の手勢を抱えながら、たった五百の富田勢に蹴散らされるとは。世に名高い小十郎だが、実戦は苦手らしい。戦う前に相手を骨抜きにしておく調略にしか、おのれの才能を発揮できないようだ。要するに小十郎にとっての戦場とは、白刃交わる場ではなく密室ということか。

すでに片倉勢は、散り散りになっていた。すかさず追撃。逃げる敵兵の背中を刺せ、と命じる。容赦はしなかった。小十郎とは面識はなかったが、この男のおかげで葦名家は今、苦境に立たされていると言っていい。今年になって、さかんに家中へ内通を呼びかけたと噂されているのだ。しかも小十郎の誘いに、まっさきに飛びついてしまったのが、富田氏実だという。将監の父だ。

じつは将監自身も、父の内通を疑っていた。あまりにも伊達との戦に消極的なのである。葦名にとって存亡をかけた、ここ摺上原での合戦にも、氏実は参陣していない。将監が葦名軍の先鋒を買って出たのは、そのような理由があるからだった。誰よりも勇ましく戦い、富田家に向けられた疑念を払拭しなければならない。父はともかく、富田将監は決して葦名を裏切ったりしない。潔白を、身をもって証明する必要があった。

「皆の者、足を止めるな」

富田勢だけで、どこまで敵陣を破れるか。後続の味方の中にも戦況によっては、伊達に寝返る武将がいるかもしれなかった。葦名軍が総崩れにならないためにも、一人で勝ち続けるしかない。

伊達軍の陣形は、魚鱗《ぎょりん》の構えである。先鋒だった猪苗代の後方に、こちらから見て右に片倉、左に伊達成実《だてしげざね》の部隊が控えていた。ところが開戦の直前

なぜか成実の隊は姿を消していた。そこを穴埋めするように展開してきた一団――。四散した片倉勢に代わって、富田勢の前に立ちはだかる。

潰走した敵が地面を踏み荒らし、土埃が舞っていた。まるで霧のようだ。すると湖からの風が、将監の肩をすり抜け、土埃を徐々に薄めていく。

「新手が現われました。唐花菱《からはなびし》の旗印」

来たな――。将監は、大きく息を吐き出した。緊張感が、突如として背筋を硬直させる。

土埃が消えた。と同時に姿をみせたのは、片平助右衛門が率いる一千の部隊だった。

「横一列に陣形を組め。右に会津衆、左に安積衆だ」

摺上原は、磐梯山の麓である。むかって左側から猪苗代湖の岸辺へと、ゆるやかに傾斜している。片平勢は左、坂の上に位置していた。坂をくだる勢いを利用して攻めかかってこられたら、こちらが不利だ。縦一列の三段構えのままだと、瞬時に一段目が壊滅してしまう。

「助右衛門め。さすがに周到だ」

将監は、唇の裏側でつぶやいた。片平勢は、摺上原において絶好の場所を確保していた。敵も味方も一挙に見渡たせているのである。当然こちらの動きも、もはや手に取るように覚《さと》られているはず。剣術でいえば、先に間合を詰められたようなものだった。両軍のあいだには、まだ一丁ほどの距離がある。それでも将監は、切っ先を喉元に突きつけられたような息苦しさを感じていた。

負けるかもしれぬ――。死への恐怖が、今頃になって両肩に重くのしかかってきた。槍を持つ手が、微かにだが震えだしている。相手の強さを、嫌というほど知っているからだ。かつて安積で、稽古の相手をしてもらった間柄である。助右衛門の太刀さばきは、変幻自在。こちらが勝ちを確信して打ち込んでも、いつの間にか逆転されてしまう。組み合ってからが、彼の真骨頂なのである。おそらく用兵でも同じだろう。

つい先刻まで、助右衛門と戦うことを待ち望んでいた。安積の富田城を落とし、主膳を死に追いやったのは、あの男なのだ。合戦に勝利しても助右衛門の首級を取らねば、仇討を果たしたとは言えない。

だが、こうして実際に対峙してみると、口惜しいことに圧倒されつつあった。風を、頬に感じる。しかし、もう甘い香りはしない。

「若様、御下知を。ついにこの時が至りました。さぁ、はよ若様の御采配で、富田城の仇を取ってくだされ。主膳さまの御無念を、晴らしてくださいませ」

気づくと、十内が傍らに立っていた。充血して真っ赤になった眼で、こちらを睨んでいる。不意に、十内の角張った顔の中に、主膳の面影が重なった。愛嬌のある丸顔。叔父は、いかなる時でも笑みを絶やさぬ人物だった。それも信条だったのだろう。

信条――。

この言葉が怯みかけていた心を、もう一度、奮い立たせてくれた。そうだ、主膳の生き方から学んだこと。それは、おのれの信条をつらぬくこと。武将として忘れてならぬのは、勝つすべではない。自分の戦い方を全うすることではないか。

「よし、皆の者。ゆくぞ」

勝敗の行方など捨てる。ただ正々堂々と、ぶつかるのみ――。それが将監の、主膳の、富田の男の流儀だ。

馬を進めた。疾駆。兵たちが後に続く。旗印を最前列に出させた。浅黄地《あさぎじ》に白く染め抜いた、九曜星《くようせい》の紋。富田本家の嫡男が代々、用いてきた旗である。将監が参上したことを、片平の者たちに知らしめるのだ。

敵陣に肉迫。弓矢も鉄砲玉も、飛んでこない。最初から白兵戦で迎え撃とうというのか。助右衛門らしからぬ、素直すぎる采配だった。が、余計な詮索は無用。ここからは将監も兵たちと一緒に、無心で槍を振るうのみ。

片平勢が布陣しているのは、荒涼とした裾野だった。周囲に樹木は少なく、背の低い草が生えているだけ。騎馬で戦うのに適していた。将監は巧みに手綱をさばき、行く手を遮ろうとする敵兵を倒していく。坂を上るという劣勢は、気合で覆すしかなかった。敵。槍で一撃。討ち取った。次の相手。槍で突き倒す。さらに新手。槍を旋回させ、吹き飛ばす。

両腕が、しだいに薄れてきた。胸の筋肉がきしむ。将監は、雄叫びを発し、おのれの体を叱咤した。喚声は、戦場の至るところで響きわたっている。特に安積衆が、獣のような声をあげていた。もともと富田村と片平村は隣同士。互いに旧知の仲だ。殺し合うには、獣と化すしかないだろう。

　ここは戦場である。将監は、改めて実感した。たとえ相手が友だろうが恩人だろうが、先に殺さねば自分が殺されてしまう。人間のままでは、我が身は守れない。野生を呼び覚まさねばならなかった。刃で肉を食い破る。相手も自分も、真紅に染まる。鉄《てつ》錆《さび》のごとき血の臭いに悦楽を感じなければ、生き残れないのだ。将監は、ふたたび叫んだ。歯を剥き出しにして、血に飢えた獣となって吼えた。双眸だけを左右に動かし、次の獲物を探す。ところが、もう近くに敵兵の姿はなかった。

「若様、片平勢は、森の中に逃げ込みはじめました」

　言われても、勝ったという気がしない。息を荒げつつ、将監は状況を見極めようとした。たしかに敵は皆、早足で森に隠れつつあった。坂の上の、さらに上。磐梯山の懐に消えようとしている。

「追え。討ち漏らすな」

　雑兵には眼をくれるな。助右衛門の首だけを狙え。付け加えようとした言葉が、声にならない。喉が、渇き切っていた。はじめて将監は、暑さを感じた。顎から汗が滴り落ちている。鎧の下に着込んだ装束も、水をかぶったように濡れていた。

　森に分け入った。馬を降りて徒《かち》になる。時刻は正午か。一日のうちで、もっとも気温が高くなる頃だった。さまざまな雑木で覆われた森の中。枝葉が陽射しを遮ってくれている。しかし風通しが悪かった。血と汗の臭いが鼻先から離れない。雑草が醸す、青臭い湿気も不快だ。薄暗い緑の空間は、決して清々しいとはいえなかった。

四方に眼をくばる。片平勢は、どこにも見当たらない。樹木や岩陰に、身を潜めているに違いなかった。だが一千もの軍勢が、短い時間で一人残らず姿をくらますことなど可能だろうか――。不審に思った刹那、奥の暗がりから轟音が鳴った。閃光。硝煙が焦げる臭い。

「しまった。罠だ」

味方の兵が、次々と倒れていく。

鉄砲隊に、待ち伏せされていたのだ。

最初のぶつかり合いで、片平勢が飛び道具で応戦してこなかった理由が、今になって分かった。助右衛門は初めから、自分たちをこの森に誘い込もうと企んでいたのだ。兵たちには事前に、身を隠す場所を決めさせていたのだろう。だから森に入ったとたん、一千もの軍勢が忽然と消えたのだ。

「退け。いったん森を出るのだ」

浮足だつ兵たちを、必死で誘導しようとする。ところが背後からも、予期せぬ鬨《とき》の声があがった。将監の頬が強張る。助右衛門は、森の入口にも伏兵を配していたのだ。包囲されてしまった。この窮地を脱するには、敵の囲みを強行突破するしかない。しかし血路を開けたところで、生き残れる兵は何人いるというのか？

茫然。将監は全身を、固まらせる。

その直後、なぜか射撃音が鳴りやんだ。

「若様、ご無事で」

十内が走り寄って来た。会津衆と旗本の組頭も、身を屈めて集まってくる。それでも立っている兵は、ごく少数だった。大半の者が、地面で呻き声をあげている。

草むらを揺らす音。鎧の金具が触れ合う音。隠れていた敵の兵が、一斉に身を起こしたらしい。静かな息づかいが、将監たちを取り囲んでいた。

「押し包み、一気にとどめを刺す気か」

せわしなく首を振り、十内がつぶやく。富田勢で健在なのは、二百にも満たないだろう。もはやこれまでか。勝負は決してしまったのか。

「富田勢に告ぐ。これ以上、無駄な手向かいはいたすな」

太い樹幹の裏から、警告される。抑揚を欠いた口調。聞き覚えがある。護衛を引き連れて現われたのは、やはり片平助右衛門だった。

「将監、久しいな」

三間（約六メートル）先。兜の下にある顔色までは、読み取れなかった。だが相変わらず、能面のように無表情でいるのだろう。助右衛門が喜怒哀楽を表に出すところを、将監はほとんど記憶していない。

「縹色《はなだいろ》の陣羽織に青縅《あおおどし》の胴丸か。なかなか様に

なっているではないか。いっぱしの武将に成長したようだな」

かく言う助右衛門は、山葵色《わさびいろ》の陣羽織に袖を通し、松葉色の胴丸を着用していた。まるで森の緑に溶け込もうかという出で立ちである。

「将監。こたびの戦いぶり、実にあっぱれであった。猪苗代盛国はともかく、あの片倉小十郎を、いとも容易く粉砕するとは、見事な采配であったぞ」

「それは死にゆく者への、たむけの言葉か」

「戦は終わった。おまえが死ぬ必要はない」

「いや、俺はまだまだ戦う」

「戦とは、おまえ個人の戦いを指したのではない。この摺上原での合戦のことを申しておるのだ」

「合戦が終わっただと？　なにを馬鹿なことを。我らは不覚を取ったとはいえ、葦名軍一万六千は、まだ無傷」

「将監。耳を澄ませて、よく聞いてみろ」

身構えたまま、将監は鼓膜に神経を集中させた。なにかが聞こえる。西の方角。野太い音が、一定の旋律を奏でている。

軍太鼓だ。そして、この旋律は……。

「総退却。葦名が全軍に退却を命じる合図だ」

「教えてやる。今朝のうちに戦場を離れた伊達成実の一隊が、ひそかに葦名軍の背後にまわっていたのだ。成実の奇襲が成功したのと同時に、伊達軍は攻撃に転じた。すでに葦名は、総崩れとなったはず」

葦名が負けた――。事実を知らされた瞬間、将監は白い霧の中に体が落ちていくような錯覚をおぼえた。対照的に兵たちはどよめき、狼狽している。

合戦に負けた。すべて、しくじった。義広を守り抜くことができなかった。それどころか富田城の仇を討つこともできず、あろうことか仇によって生け捕りにされたようなはめに陥るとは――。将監は、唇を噛んだ。

「将監、気を落とすのはまだ早い。負けたとはいえ、ここは戦場だぞ。陣払いが済むまでは、毅然としておれ」

助右衛門が近づいてくる。一人で。その気配で、将監は我にかえった。戦には負けたが、自分はまだ生きているではないか。右手には槍も握っている。せめて、せめて主膳の仇だけは取らねば。そうでなくば、ここまで死力を尽くしてくれた兵たちに、申し訳が立たない。

「助右衛門、お命頂戴」

両手で槍をかざした。とっさのことゆえ富田の兵も片平の兵も、呆気にとられているだけだった。右半身に構える。助右衛門の足が止まる。二間（約四《メートル》）の間合。ぎりぎり槍が届く距離だ。躊躇せず、

将監は跳んだ。渾身の突き。狙ったのは胸元。突けたか？　手応えは？　ない。代わりに強い衝撃が、両腕にはしった。助右衛門が抜刀し、槍の穂先を斬り飛ばしたのだ。ならば、こちらも刀。――遅かった。柄に手をかけた時、もう刃を首元に押し当てられていたのだ。

「無念」

将監は、死を覚悟した。ところが刃は、いつまで経っても喉仏をえぐろうとしない。

「どうした助右衛門。はやく斬れ」

「斬らぬ。おまえは殺さない」

助右衛門が、切っ先をおろした。とたんに両軍の兵たちが怒声をあげる。助右衛門は一喝し、兵を黙らせた。

「いかなる了見だ。首級を取らねば、手柄になるまい」

「手柄ならば、もう立てた。葦名軍で唯一、手強い相手と目されていた富田将監。これを俺が、山中へと迷い込ませたのだ。富田勢のいない葦名軍など、張子の虎も同然。つまり俺が、伊達を勝利に導いたと言える」

「とはいえ敵将を目前にしながら、これを討ち取らないなどとは、聞いたことがない」

「たしかに前代未聞の珍事だな。幾多の戦場を駆けめぐって来た俺でも、経験のないこと。だが今回、あえて難しい戦を、おのれに課した。戦場から敵を逃がす。そのために勝つ、という難題を」

なんだと――。驚きのあまり将監は声を失った。

「俺は最初から、おまえを討つ気などなかった。だが、そのために自分が負けるわけにもいかぬ。そこで森に誘い込み、そのまま摺上原から落ち延びさせよう。そう考えて采配を揮っていたのだ」

そんなことが可能なのか。にわかには信じられなかった。しかし今、目の前にいるのは『変幻自在の将』と謳われる男である。片平助右衛門ならば、わざと敵を逃がすために勝つ、という離れ業もこなせるかもしれない。

「なぜ、俺を助けようと思った？」

陽が、西に傾きつつあった。気づくと風が、枝葉を揺らしている。この森にも風が吹き込む時があるらしい。

「おまえが死ぬ気だろうということは、前々から分かっていた。富田家の疑いを晴らすためにな。現におまえは寡兵でも臆することなく、正面から大軍にぶつかっていった。その姿に、富田主膳が重なったのだ」

「俺と、叔父上が……」

「主膳は、俺にとって唯一、友と呼べる男だった。

その友を、俺はこの手で殺してしまった。将監、おまえは主膳に似すぎている。俺は二度も、友の命を奪いたくない」

助右衛門の口元が、微かに歪んでいる。ふと将監の脳裏に、五年前の光景が蘇ってきた。河原での稽古。助右衛門との手合せ。肩をしたたかに打たれた。その後、激痛を我慢していると、そっと水に濡らした手拭いを差し出してくれた。知らぬ間に用意してくれていたのだ。

助右衛門は、ほとんど表情を変えない。だからといって冷血な人物というわけではなかった。無愛想な顔の下に隠された優しい本性を、将監は少年時代に垣間見ていたのである。それを憎悪が忘れさせていた。

「落ち延びよ、将監。黒川城（若松市）に戻り、義広どのを守ってやれ。考えてみれば、義広どのも気の毒な御仁だ。まだ十九歳だというのに、会津という大国を背負って立たねばならなかったのだからな」

「ご厚意いたみいる。しかし死んだ兵の亡骸を、この場に置き去りにしていくわけにはまいらぬ」

「安心しろ。倒れている兵たちは、まだ息がある。あらかじめ急所を外すよう命じて、撃たせたのだ」

絶句――。片平勢との槍合わせは、わずか一刻（二時間）足らず。わずかな時間のあいだに、そんな些細なことにまで気を配っていたのか――。

「動けぬ者たちは、我らが介抱する。怪我が治ったら、それぞれの村に帰してやろう」

「助右衛門どの……」

「なんだ、泣いているのか。主膳は泣き顔など見せたことはなかったぞ。あいつは常に笑っていた」

「なにから何まで、叔父上そっくりというわけには、まいりませぬ」

「そうだな。おまえの眼は切れ長で、顎が尖っている。その顔立ちは本家の血筋だろう。主膳とは違う」

目頭を熱くしながら、将監は微笑んだ。

「いかにも俺は、富田本家の嫡男。葦名家に、最後まで忠節を尽くす所存。もし助右衛門どのが黒川城に攻め寄せてきた時は、手加減いたしませぬぞ」

「上等だ。もっと強くなれ。強くなって挑んでこい」

もう行け。肩を叩かれ促される。

「では御免」

「頭など下げなくていい。おまえを助けたのは主膳への義理もあるが、俺の保身のためでもあるのだ。この先、ひょっとしたら伊達が滅びて葦名が再興するとも限らん。万が一そうなったら、俺はまた葦名に寝返るだろう。その際には、おまえに命乞いをするからな」

「まったく、どこまで変幻自在なのか……」

狡猾さに呆れたわけではない。優しい一面を見せておきながら、それでも悪党ぶろうとしている。この場での変幻自在ぶりに、苦笑したのだった。

第五話

「反り合わぬ刀」

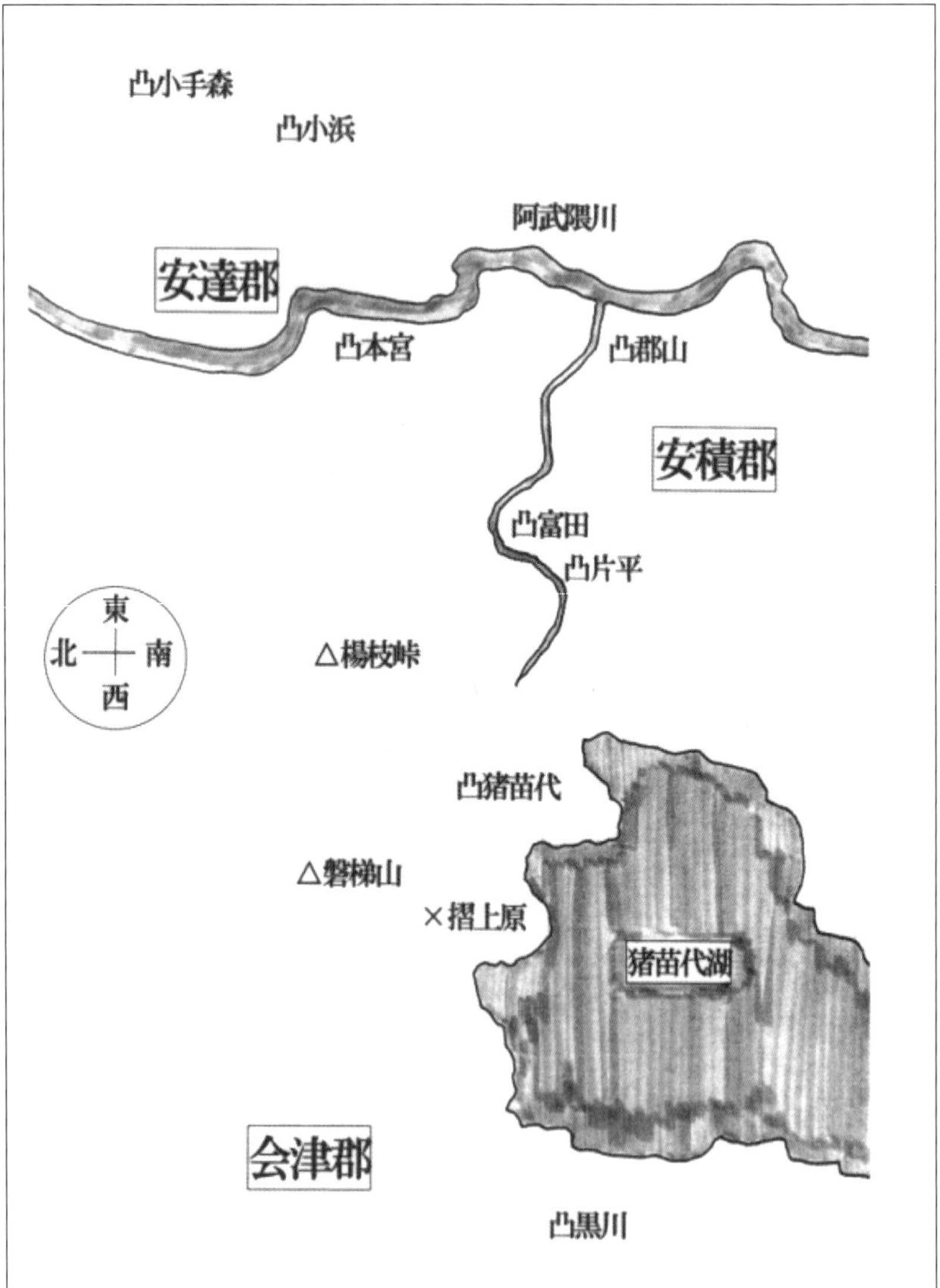
凸小手森
凸小浜
阿武隈川
安達郡
凸本宮
凸郡山
安積郡
凸富田
凸片平
東
北
南
西
△楊枝峠
凸猪苗代
△磐梯山
×摺上原
猪苗代湖
会津郡
凸黒川

＊

あたりには見知らぬ景色がひろがっていた。山裾を埋め尽くす、深い森。近くに人の気配はない。野鳥の鳴き声だけが、断続的に響いてくるだけ。

目指しているのは、黒川城（若松市）だった。しかし距離が掴めない。摺上原（磐梯町）の戦場を脱してから、およそ一刻（二時間）あまり。通常ならば、会津盆地を一望できる地点にまで辿《たど》り着けているはずだったが、いまだ磐梯山の麓から抜け出せていない。

富田将監《とみたしょうげん》にとって、落ち武者となるのは初めての経験だった。摺上原の合戦で初陣を飾ったばかりだから、当然、負け戦も初めてなのである。雄々しく戦い討死する覚悟はしていた。だが敵に背をみせ、逃げ惑う心構えまではしていなかった。急いでいるのに、足取りが重い。行く手を遮る森。動かぬはずの樹の幹と枝葉が、こちらに押し迫ってくるような錯覚をおぼえる。

つい先刻まで、将監は富田勢五百を率いる大将だった。奮戦した、という自負もある。葦名義広の先鋒として、伊達政宗の陣形を二つも打ち破ったのだ。それでも戦は負けた。一人だけ目覚ましい活躍をしても、全軍の勝利には繋がらないということを、初陣で痛感させられた。

生きなければならぬ――。敗北という喪失感に、なんとか耐えているのは、その気持を失っていないからだ。敵に情けをかけられた。片平助右衛門。別れ際、約束したのである。生きて葦名義広を守ると。助右衛門の想いに応えるためにも、ここで死ぬわけにはいかなかった。歩く気力を挫こうとする、幾重にも折り重なった木々。この森を突破することが今、自分に課せられた戦なのだ。

「若様。少しお休みになられたら、いかがじゃ」

なんとも力のない声が、将監を腰砕けにさせた。

舌打ちしつつ振り向く。七宮杢助《ななみやもくすけ》が、いかにも難儀といった感じで、膝に手を当てていた。五十歳になる老臣である。兵に加えるつもりはなかったのだが、みずから志願してついてきたのである。

「なんとも風通しの悪い森じゃわい。暑くてかなわん」

言われてみると、たしかに空気が澱んでいた。青臭い湿気が汗とともに、肌をつたう。額の汗を拭ってから将監は、腰に吊るしていた竹筒を手にした。差し出すと、七宮杢助は、うまそうに水を飲んだ。休めと言ったのは、将監を気遣ってのことではない。自分が一息つきたかったからなのだろう。

竹筒が返される。将監は飲まずに、栓を閉じた。

「もはや敵陣の真っただ中、ということはあるまい。若様、ちょっとは落ち着かれたらどうじゃ」

「伊達の者に追いつかれてしまったら、敵陣の真っただ中に逆戻りだぞ」

葦名軍が総崩れとなってから、すでに一刻が経過していた。伊達軍の追撃は、落ち武者狩りに変わりつつある。敗者は一方的に狩られるのだ。多数の敵兵に囲まれ、なぶり殺しにされるのである。冗談ではないと将監は、また舌を打った。

「しっかりしろ、杢助。だいたい味方の者たちとはぐれてしまったのは、おまえの足が遅かったからではないか」

喉元まで出かかった愚痴を、懸命に堪える。声にしてしまったら、焦りで我を忘れてしまうだろう。生き残った富田勢は、二百あまり。もし一丸となって戦場を離脱できていれば、どれほど心強かったことか。ところが味方は、いつの間にか四散していた。

敗残の兵をまとめる技量が、初陣を迎えたばかりの将監にはなかったのだ。自信を失いかけている。杢助と二人きりという状況が、それに拍車をかけようとしていた。

不意に、鳥のさえずりが止んだ。静寂。物音ひとつしない森は、恐怖の対象へと変貌していく。頭上は枝葉で覆い尽くされていた。空が見えないということが、これほど圧迫感を与えてくるとは思わなかった。

ほの暗い空間。汗。不快感。孤独。弱気——。

将監は強引に、腹から息を吐き出した。

迷いを捨てろと、おのれを鼓舞する。生き延びることだけを考えるのだ。義広さまをお守りするという役目を、まだ果たしていないではないか。

「立て、杢助。行くぞ」

木の根元に座り込んでいた杢助を、促す。もともと色白な老人が疲労を隠せなくなり、しなびた大根のような顔になっていた。背中の荷物が、やけに重そうである。

「若様、お願いじゃ。これを持ってくださらぬか」

背負っていた茣蓙《ござ》を、杢助がおろした。中から現れたのは、金の刺繍《ししゅう》をほどこした刀袋。見覚えがあるものだ。

「これは『花宴《かえん》』ではないか」

富田家伝来の宝刀である。三尺三寸（九十九㌢）の業物で、銘は相州貞宗《そうしゅうさだむね》。『花宴』というのは、家に伝わった由来から命名されたものである。

貞応《じょうおう》元年（一二二二）のこと。そのころ富田家の初代、漏祐《ろうゆう》は、磐梯山麓にある大寺院、慧日寺《えにちじ》の寺侍《てらざむらい》だった。ある日、境内にて花見の宴をひらこうと、葦名家の二代目・光盛が慧日寺を訪ねた。このとき接待役を務めたのが、富田漏祐。こまやかな心配りを気に入った葦名光盛《みつもり》は、自分に仕えるよう求める。だが漏祐自身は固辞し、嫡男の範祐《のりすけ》を家臣とすることにした。以来、富田家は宿老の席に列するようになったのである。

漏祐は、葦名家に加わらなかった代わりに、光盛から太刀を賜った。この一振りが漏祐の死後、範祐へと引き継がれていった。そして光盛と漏祐の出会いにちなみ『花宴』と名づけられたのである。

「これは門外不出のはず。何故おまえが」

「大殿さまに持って行けと、命じられたのじゃ」

「父上が……？」

父の富田氏実は、黒川城にいる。留守役と称し、参陣しなかった。というのも会津の外交を司っていた氏実は、以前から伊達と親交が深かったからだ。そのため現在、他の家臣から内通を疑われている、とか。ところが味方は、いつの間にか四散していた。

そこで父の代理として、将監が富田勢を指揮したのである。

父は裏切るのではないか。将監もまた懸念していた。葦名に愛想を尽かしたというより、義広と不仲なのである。義広は、伊達と対立する常陸国(茨城)の佐竹家から養子入りしたのだ。葦名家では数年前より、伊達を頼ろうとする者たちと、佐竹に心を寄せる者たちによる派閥争いが繰り広げられていた。暗闘の結果、家中の実権を掌握したのは佐竹派。一方、伊達派の筆頭であった氏実は、中枢から弾き出されてしまったのである。

「大殿さまは『花宴』を、若様に授けようとされた。ところが出陣が早まり、お渡しする暇がなかった。そこで、わしに事を命じたというわけじゃ」

「家宝だぞ。戦に用いることなどできぬ」

「大殿さまなりの、決意の表われなのじゃろう。こたびの合戦が葦名家にとって、存亡を賭けたものになると、大殿さまも御理解なされていた。ご自分で兵を率いることはできぬが、富田一族は全員で、葦名家をお守りする。その気概を示すため門外不出である『花宴』を、若様に帯びてもらおうと考えられたのでは」

「愚かな……」

将監は、唇の裏側で毒づいた。

父の行為を、深慮とは呼べなかった。これは小細工だ。もし戦に勝利できていたら『花宴』の神通力と流布し、おのれの先見の明を誇ろうという魂胆なのだろう。氏実には昔から、そういう狡猾な面がある。

将監は、刀袋から『花宴』を取り出した。漆塗りの鞘《さや》に、螺鈿《らでん》で桜の紋様が施されている。美しい。他家でも評判の拵《こしら》えである。しかし太刀とは、鞘で人を斬るのではない。柄《つか》を握り、鞘を払おうとする。だが抜けない。

「反りが合っておらぬ。これでは使い物にならん」

桜紋様の鞘は、初代・漏祐から伝わったものではない。父が新調したのだ。外見にこだわったあまり、刀身の曲線（反り）と微妙にずれているのである。反りが合っていないのに無理やり収めているから、抜けないのだ。

「これは、おまえが持っておれ。失くすなよ」

杢助の胸へ『花宴』を、強引に押しつける。なにか言おうとする杢助を、眼光で黙らせた。『花宴』は、好きになれない。反り合わぬ刀。これは父の化身なのだ。

将監は再び歩き出した。

心の中で、父を罵りながら。

氏実の血をひいているが、幼い頃から将監は一本

気な性格だった。他人の裏をかくような真似は、大嫌いだ。
そのせいで父とは、あまり会話をしてこなかった。策謀が渦巻く乱世を生き抜くために父は、しかたなく狡猾な一面を備えるようになったのだろう。父の生きざまは目の当たりにしてきたのだ。そのことは承知している。しかし、政敵ではない者に対しても、父は腹を探ろうとする。そこが我慢ならない。父のような男になりたくないという気持が、将監を形成してきた。四十三歳の父と、二十一歳の息子。もはや溝は埋まらない。切れ長な双眸と、尖った顎。容貌は父とよく似ている。だが他人が自分を見て、氏実を思い浮かべてほしくなかった。
男は愚直であるべきだ――。若さゆえの甘さと受け取られるかもしれないが、将監はそう信じていた。今の葦名家には、愚直な者がいない。だから家運が傾いてしまったのだ。皆で足の引っ張り合いをしてきた報いが、摺上原の敗戦としてはね返ってきたのである。

　会津の風土が、つねに葦名家を一枚岩にすることを阻んできた、とも言える。家臣たちは、それぞれ自分の領地を持っている。普段は領地で暮らしていて、そこでは誰もが殿様なのである。葦名という重石を取り除けて自由にやりたいという本音が、家臣には見え隠れしていた。

　おまけに会津は山深く、雪が多い。冬になれば、どこの村も雪山によって閉ざされてしまう。閉塞された状況が、家臣に悪しき心を芽生えさせる。謀反だ。葦名家の歴史とは、謀反の鎮圧に忙殺されたと言っても過言ではなかった。名君と称された盛氏でさえ、何度も家臣に裏切られている。そして、かつて盛氏に反乱した者のなかには、将監の親類も含まれていた。

　富田義祐。安積郡（郡山市）にある富田城を任されていた、分家である。なぜ義祐が謀反を起こしたのか、詳しい事情は知らない。ただ、義祐の跡を継いだ主膳が、その暗い過去を引きずっていたことには、気づいていた。主膳は、将監の叔母に当たる阿鶴を妻に迎えていた。義理の叔父として、幼い頃には剣の稽古をしてもらった仲だった。叔父の剣術は、上段の構えからの面撃ちに固執していた。因果を振り払おうとしていたのかと、今になって思う。

　叔父は愚直な人物だった。愚直だったがため、死んでしまった。一ヵ月前、安積郡は伊達の侵攻を受け、富田城は陥落。その際、主膳はわずかな手勢を率いて、二万の大軍に正面から突撃していったという。葦名への忠節を貫くため、あえて討死したのだと、将監は考えていた。

叔父を手本として、生きてきた。父を直視できなかったから余計、主膳がまぶしく感じられたのかもしれない。叔父のように、華々しく散りたかった。ところが戦場で死ねなかった。帰らねばならぬのか、義広のもとへ。業欲がうごめく黒川城に、また身を置かねばならないのか。

時おり木々の陰から、物音がする。果実が落ちたのか、はたまた獣の気配か——。急ぐ将監には、いちいち確かめている余裕などない。ただ森にも、意外と音が多いことを悟った。自然の物音。正体が分からないと、気味が悪い。枝葉をひろげた雑木も、人の姿のように見えてくる。森は、人の群れのようだ。木々も人間も集まると、得体がしれなくなる。そして陰で、ささやき合う。

過敏になっていた聴覚が、何かを聞き取った。あきらかに自然のものではない音。鎧の金具が揺れているのだ。兵か。遠くで何かを話し合っている。

「いかん。追いつかれたか」

まだ姿を見たわけではない。それでも将監には、後方から近づいてくる集団が敵だと分かった。敗走する味方ならば、もっと存在を消すよう注意するはず。あのように騒々しいわけがなかった。

「急げ杢助。駆けるぞ」

言うのと同時に、右側の斜面で人影が動いた。甲冑で身を固めた集団。先頭をゆく武者と、眼が合う。

「ここにおったか、富田将監」

達磨《だるま》のような髭を生やし、赤紫色の胴丸をつけた出で立ち。よく知る男だ。名は、太郎丸掃部《たろうまるかもん》。

「将監。ようやくおまえの首を取れるな。この日を、どれほど待ち望んだことか」

太郎丸掃部が、白い歯を剥き出しにして笑う。下卑た笑いだと、将監は眉をしかめた。この男ともまた、反りが合わない。もとは掃部《かもん》も、葦名の家臣。ところが戦の直前になって伊達に内通したのだ。

「掃部。おまえのような裏切り者に、わが首を授けてやるわけにはまいらぬ」

「裏切り？　この場において、葦名も伊達も関係ない。おまえを殺すのは、塚原村を奪い返すためだ」

掃部が治める太郎丸村（喜多方市）の隣に、塚原という集落がある。掃部は以前より、塚原村の領有権を主張していたのだが、葦名義広の裁定によって将監の土地となっていた。掃部はずっと、そのことを恨んできたのである。

ほんの数日前までは黒川城にて、頻繁に顔を合わせる同僚だった。年齢も同じ二十一歳。しかし何かとケチくさい掃部を、将監は昔から好きになれなかった。

「小さな土地を手に入れるだけのために、おまえは長年、御恩を賜ってきた葦名家を捨てたのか」

「陳腐なことを……。ひとの領地を、勝手に他人へ与えてしまうような主君は、見限られて当然よ」

将監の胸奥で、憤怒が炎となって爆発した。

こいつは正真正銘の外道だ。絶対に斬る。

刀の柄を握った手が、怒りで震える。ところが掃部は相変わらず、憎々しげな笑みを浮かべていた。

「やる気か、将監。供は一人しかおらぬのに」

勝ち誇った口調。背後にひかえている数十人の兵が、掃部を増長させているのだろう。一騎打ちならば、将監が勝つ。武術の腕前では掃部のほうが数段、劣るのだ。だが、ここは戦場。勝つためには、一人を複数で袋叩きにすることも許される場であった。

「皆の者、将監を血祭りにあげよ」

掃部が怒鳴る。よほど力んだのか、声が裏返って間抜けな号令となってしまった。

それでも太郎丸の手勢たちは一斉に、槍をかざして斜面を駆け下ってくる。距離は四間（約八㍍）もない。もはや逃げられる間合ではなかった。将監は意を決して、抜刀。刺し違えても、掃部だけは倒す。おのれの欲望のために大義を忘れた男など、生かしておくわけにはいかなかった。

「義広さま。お傍に参ることができず、申し訳ございませぬ。助右衛門どの。恩に応えられず、すまぬ」

心の中で詫びる。直後に、槍の穂先が向けられてきた。半身をよじって、かわす。そのまま左足に重心をのせ、跳躍。横薙《よこな》ぎにした刃が、敵兵の鼻を砕いた。すぐ右側にも、敵の足軽。将監は地摺《じず》りの構えとなり、下から上へと刀を一閃させる。足軽は股間を両断された。

次は正面と左右、三方から槍が繰り出されてくる。素早くその一本を、左手で鷲掴みにした。力を込めると、槍ごと敵兵が引き寄せられてくる。その首筋を斬り、死骸を放り投げる。一瞬、敵がたじろいだところへ、斬りかかった。またたく間に二人の足軽が、悲鳴とともに崩れ落ちる――。返り血が、将監の顔を真紅に染めた。鉄錆のごとき血の臭いが、将監のなかで眠っていた獣を、呼び覚ました。

吼える。その凄まじさに、ほかの太郎丸勢が怯んだ。

「相手は一人ではないか。早く息の根を止めぬか」

掃部が、狼狽した声をあげた。睨みつける。達磨髭に覆われた口元が、激しく震えていた。四間先からでも、はっきりと見てとれる。

「掃部、ゆくぞ」

地を蹴った。肉迫。そうはさせじと、太郎丸の兵たちが槍ぶすまを作った。まるでヤマアラシのようだ。ならば、こちらは虎になってやる。虎が、獲物のヤマアラシを狩るのだ。目の前に突き出されてきた槍を、猛然と斬り払っていく。

斬る。斬る。斬る――。際限がない。不意に疲労が、両腕に襲ってきた。視野も、ぼやけてくる。だというのにヤマアラシは、まだまだ針を逆立ててくる。焦燥感が汗となって、額を濡らした。汗が血と混じり、異臭となる。嘔吐しそうな臭いだ。疲労が、将監の斬撃を鈍らせた。しだいに後ずさりを余儀なくされる。挽回する余力は、もう残されていなかった。

腰の引けていた太郎丸の兵たちが、徐々に爪先を前に進め出す。――ここまでか。将監は唇を噛んだ。裏切り者の一人すら始末できず、自分は討死するのか――。

あきらめかけた時、喚声が森に響きわたった。西の方角からだ。将監だけでなく、掃部とその兵たち

も、視線を転じた。すると樹幹のあいだを、白い頭巾をかぶった集団が現われた。手には薙刀《なぎなた》。僧兵だ。茫然とする太郎丸勢に、有無を言わさず僧兵たちが刃を向けてくる。数は百人ほどか。掃部の手勢の、倍はいるようだった。数で圧倒されたうえ、側面から予期せぬ攻撃を受けたのである。太郎丸の兵たちは、浮足だつ間もなく蹴散らされていく。

「ようやくのお出ましか……。危ないところじゃったわい」

気づくと杢助が、傍らにいた。そういえばこの老人は、乱闘の最中どこにいたのだろうか。

「杢助。この僧兵たちは……」

「慧日寺《えにちじ》の者たちじゃよ」

杢助は、微かに口元をほころばせた。しなびた大根のようだった面持ちに若干、血色が戻っている。対する将監は、経緯が分からず狐につままれたような気分だった。

　慧日寺といえば、摺上原から一里（約四キロ）ほど西方にある寺院だ。古くから多くの信徒を抱え、並の国人《こくじん》(小領主)よりは勢力を有している。

　しかし何故、慧日寺が将監に味方してくれたのか。そこへ、物頭らしき僧兵が近づいてきた。三十歳くらいの、肩幅がひろい男だ。

「富田将監どのにございますな。拙僧《せっそう》は、慧日寺の僧兵を預かっております、猛丹坊《もうたんぼう》と申します」

「猛丹坊さま。気を揉みましたぞ」

　横から杢助が口をはさむ。

「いやいや七宮どの。お詫びいたす。他にも当山に落ち延びてきた兵がいたので、対応に手間取ってしまった」

「何はともあれ、間に合ってくれて助かりました。では、これが約束の『花宴』でございます」

　桜紋様の鞘を差し出す杢助を、猛丹坊が制した。

「七宮どの。この太刀は受け取れぬ。我らが伊達と戦うのは、御仏の教えを守るため。『花宴』は富田家の家宝として、これからも大事になさってくれ」

「二人とも、しばし待たれよ」

　将監は、ようやく話を止めることができた。

「俺には腑に落ちぬことばかり。なにゆえ慧日寺が俺を助けてくれたのだ。『花宴』を渡す渡さぬとは、いったい何のことだ?」

「そうか。将監どのは仔細を聞かされていないのか」

　困惑する杢助に代わり、猛丹坊が説明をはじめた。

「すべて氏実どのの根回しなのだ。氏実どのは、葦名軍の敗北を見越しておられた。そこで戦の前に、いざとなったら将監どのを匿ってほしいと、我らに頼まれた。ただ慧日寺は、葦名の臣下ではない。厄介事を引き受けてもらうためには代償がいると、氏

実どのは考えられた」

「大殿さまは、若様を助けてくれた暁には、御礼として『花宴』を譲ると、慧日寺に約束されたのじゃ」

杢助が補足すると、猛丹坊が頷く。

「葦名家二代目の光盛公は、もともと『花宴』を慧日寺に寄進するつもりだったそうな。ところが花見の接待をした富田家初代・漏祐どのを御気に召され、漏祐どのに『花宴』を与えてしまった。つまり氏実どのは『花宴』をお返しすると申されたわけだ。有難い話だが、そのような気遣いをされなくとも、慧日寺は葦名に御味方する。長年にわたり布教を保護していただいたからな。敗残の兵が頼ってこられたら、喜んでお迎えしよう」

「しかし落ち武者になれば、皆々みすぼらしい姿となる。誰が富田将監かと、見分ける手立てがない」

杢助が手にした太刀に、眼をそばめた。

「この『花宴』ならば目印になる。桜紋様を、会津で知らぬ者はおらぬ。だから若様に帯びてほしかったのじゃ」

そういうことだったのか――。将監は、溜め息をついた。杢助は初めから父の意図を汲み、わざとこの森に留まったに違いない。戦に負けたら、ここで猛丹坊と落ち合うと取り決められていたのだ。命拾いしたことを、素直に喜べない。父上、またも小細工を――。父の思惑を知った途端、悔しさで胸がいっぱいになった。結局、自分は父の掌のうえで踊らされていただけなのか。摺上原で孤軍奮闘したのはいったい何のためだったのか。

猛丹坊に感謝の意を表すこともできず、将監は押し黙った。無言。気まずい空気だけが流れていく。

僧兵と太郎丸勢の戦いは、ずいぶん離れたところで続いているようだった。枝葉の隙間から、時おり怒声が聞こえてくる。しかし突然、殺気が背中を打った。足音。僧兵を掻き分けるようにして、こちらに向かってくる者がいる。顔をあげた。髪を振り乱して走ってくる太郎丸掃部の姿が、将監のまなこに映った。

「将監、おまえを道連れに死んでやる」

掃部は、あっという間に斬撃の間合にまで達した。急いで将監も刀をかまえる。その瞬間、刀身が真っ二つに折れた。先ほどまでの乱闘で酷使したため、刀はもう限界に達していたのだ。

「若様、これを」

我にかえった杢助が、あわてて『花宴』を差し出してくる。将監が柄を握った刹那、掃部が上段からの一撃を見舞ってきた。鞘ごとかざして受け止める。螺鈿の桜紋様が、散った。その向こうに、仁王のごとき形相をした掃部がいる。負けるものか――。将監は渾身の力で、鞘を前に押し出した。のけぞる掃部。そのとき将監の指先に、ある感触が宿った。

右手で柄、左手で鯉口。両手を翼のように伸ばす。

反り合わないはずの『花宴』が、抜けた。

「裏切り者、成敗」

振りかぶるのと同時に、跳躍。

太刀が白い弧をえがく。一撃。手応え。

白い閃光によって掃部は、頭蓋から両断された。

驚愕の表情を浮かべたまま、掃部が崩れていく。

血が流れ出したのは、息絶えてからだった。

「斬りつけられた衝撃で、抜けたのか」

残心を解いてから、将監は呟いた。地面に投げ捨てた鞘を拾う。真ん中に、刀痕があった。やはり鞘で防いだおかげで、一時的に反りが戻ったらしい。

それにしても凄まじい切れ味だった。『花宴』の威力に、将監は初めて驚嘆した。今度は太刀を眺めてみる。骨を砕くほどの一撃だったのに、刃筋には血が一滴もついていない。長いあいだ抜かれることがなかったにも関わらず、刀身は光を失っていなかった。まるで砥いだばかりのようだ。相州貞宗。まさに名刀と呼ぶにふさわしい。

透き通った刀身に、将監の顔が映る。

この太刀は、自分自身ではないか。

鞘に収められたままだった『花宴』は、富田将監そのものなのだ。父の暗躍に囚われ、愚直に生きてこられなかった。摺上原の合戦でも、そうだ。父が黒川に兵を残したため、将監は富田の全兵力を率いることができなかったのである。——思うように戦えなかった。同じ不満を『花宴』も抱いていたに違いない。戦うために作られた太刀なのだ。人を斬る瞬間を、ずっと待ち続けてきたのだろう。だから刃は鈍っていなかった。

敵を駆逐した僧兵たちが、帰ってくる。

「将監どの。そろそろ慧日寺へ参ろう」

猛丹坊が促してきた。

「いや、行かぬ。俺は、俺の力で、生きる道を切り拓く」

父とは袂を分かつ。今、決心した。慧日寺に入ってしまえば、これからも父の意思に従わなければばならない。ようやく自分という刃を、表に出せる機会が訪れたのである。鞘の中に収められるのは、もう御免だった。

「若様……」

「杢助。これを父上にお返しせよ。父上にとっての家宝『花宴』とは、鞘さえあれば十分なはず」

桜紋様の鞘を、手放した。相州貞宗と銘打たれた太刀だけが、将監のもとに残った。

無理して黒川城に生還しなくとも、戦う方策はある。名門・富田家の嫡男としてではなく、一介の武士である富田将監として、葦名義広を守っていくのだ。この瞬間から、たった一人の戦いが始まる。

「この太刀は、ただの相州貞宗に戻る」

敵を斬るだけの刀に『花宴』などという名は、不要。そして反りの合った鞘は、将監が見つける。

第六話
「氏実の小細工」

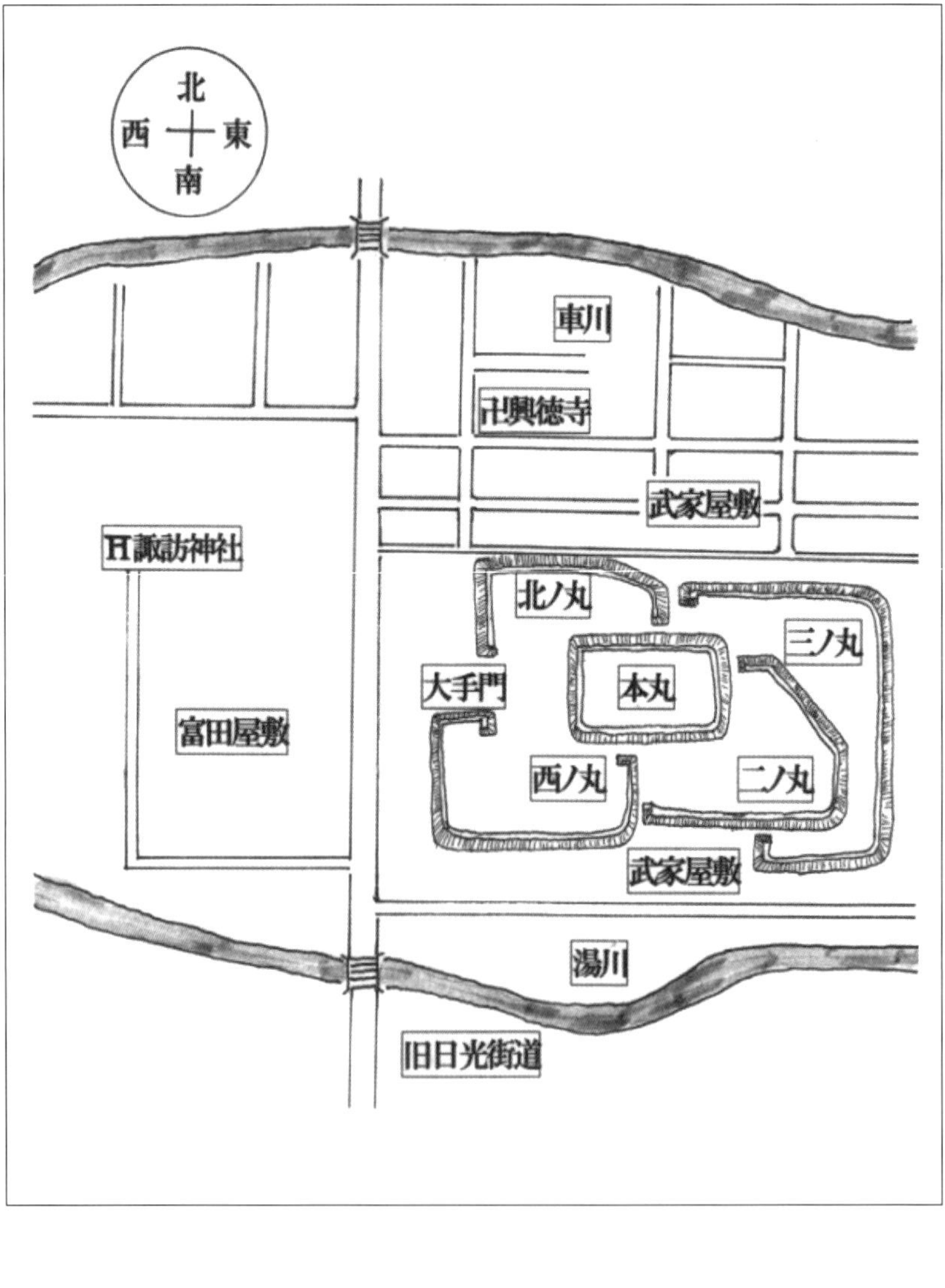
北
西
東
南
車川
卍興徳寺
武家屋敷
⛩諏訪神社
北ノ丸
三ノ丸
大手門
本丸
富田屋敷
西ノ丸
二ノ丸
武家屋敷
湯川
旧日光街道

＊

一升樽の蓋を、そっと開ける。とたんに味噌の香りが、濃厚に漂ってくる。富田氏実《とみたうじざね》は、樽いっぱいに詰められた味噌の中に、手を入れた。取り出されたのは、柿の葉で包んだ塊。山鳥《やまどり》（雉《きじ》）の肉である。樽で仕込んでいたのは、山鳥の味噌漬けであった。

柿の葉をはがすと、飴色の光沢があざやかな肉が現われる。かざしてみた。古代の人々が、神に捧げものをするように。富田氏実は、注意深く肉を調べた。どこも痛んだ色をしていない。漬け込みは上々だったらしい。次に用意していた竹の楊枝を、ゆっくり刺してみた。一呼吸おいてから楊枝を抜き、鼻先に近づける。風味豊かな香り。味噌が、しっかり肉の中央まで沁みわたった証だ。

肉の塊は全部で四つ、漬け込んでいた。ほかの三つも取り出して、同じように楊枝を刺してみた。どの匂いも悪くない。小刻みに何度か頷いてみる。

囲炉裏の脇には、まな板と包丁が置かれていた。四つの塊を、順番に切り分けていく。とはいっても隅を、ほんの少しだけ。赤子の掌ほどの大きさを切り取ったら、残りは樽に入れなおした。それから平べったい太い竹串を、一本ずつ一個の肉片に刺していった。

囲炉裏の炭は、熾《おき》になっていた。炎はあがっていないが、ほどよい熱を保っていた。

氏実は灰に、竹串を刺し立てていく。あとは焼き上がるのを待つばかり。

心の中で二百、数えてから竹串を裏返す。肉の表面を焦がさないためだ。炙《あぶ》り方を教えてくれたのは屋敷の厨房を取り仕切っている家来である。その家来は、

「裏返す見計らい方は、自分の感覚で」

と言っていた。だが氏実は、これまで料理などしたことがなかった。屋敷の主は自分なのだから当然だ。しかし今、どうしても山鳥の串焼きを作れるようになる必要にせまられていた。その結果、二百かぞえるごとに一回、裏返せばいいと判断したのである。焦らず何度も肉を裏返し、まんべんなく火を通していく。こうして自ら山鳥を炙るのは、すでに六回目。うまい料理を作るためには、根気がいることを学んだ。樽の中で熟成させるのにも、三日を費やした。労を厭わず、丹念に――。料理の神髄とは政治に似ている。四十三歳になって、初めて知ったことである。政治の場で勢力を拡げるためには、やはり時間と手間をかけねばならなかった。事を急ごうとすると、必ずしくじるものだ。

厨房の戸と格子窓は、すべて開け放っていた。今日は六月(陽暦八月)十三日。弱火とはいえ、囲炉裏の前に座りきりでは、暑くてしかたがない。

串焼きから、うまそうな匂いがしてきた。

この匂いは、黒川城(若松市)の本丸まで達するだろうか――。即座に氏実は、考えを打ち消す。無理だろう。富田屋敷と本丸との間には、四丁(約四百メートル)の距離がある。さらに途中、西ノ丸にも隔てられているのである。そろそろ時刻は正午を迎える。おそらく西ノ丸では今、兵たちが中食《ちゅうじき》を摂る支度を始めているだろう。城内には、米を炊く匂いが充満しているはず。

つい三日前までは、屋敷が本丸から四丁しか離れていないことが、自慢だった。氏実の邸宅は、西ノ丸のすぐ目の前にある。城の間近に屋敷を構えているのは、それだけ主君に重用されているという証だ。富田家は代々、会津の外交を任されてきた。佐瀬、平田、松本らとともに『四天王』とも称された宿老

である。しかし六月十日、主君は葦名家ではなくなった。葦名義広に代わって黒川城に腰を据えたのは、伊達政宗なのである。葦名の家臣は退去を命じられ、みな自邸で息をひそめていた。

また二百、数えた。串に手をのばそうとした時、奥の廊下で足音が聞こえた。

「ここにおられましたか」

抑揚を欠いた口調。面長で眉のうすい男が、敷居を跨いできた。三十九歳にしては、やや老けてみる。片平助右衛門。安積郡片平城の主である。先月、葦名から伊達に鞍替えした裏切り者のひとりだ。

「山鳥の串焼きですか。豪勢なものを食されますな」

囲炉裏の向かい側で、片平助右衛門が、あぐらをかいた。

「屋敷の主人みずからが肉を炙るとは、いかなる料簡ですかな？　そういうことは家来にやらせることかと思いますが」

「わしは、もう葦名の宿老ではない。伊達に城を明け渡してしまった以上、料理くらいしかすることがない」

黒川城は、戦で失ったわけではなかった。氏実たち四天王が、義広を追い出したのだ。そして政宗に降参を申し入れ、無血開城した。五日前、摺上原（磐梯町）で敗れた時点で、すでに葦名家の命運は尽きていたのだ。これ以上、無駄な血が流れることを、氏実は由としなかった。

今は肉を炙ることにだけ、集中する。すると、その仕草に助右衛門が口をはさんでくる。

「高価な直垂《ひたたれ》をまとった御方が、厨房でせわしなく手を動かされている姿は、なんとも滑稽ですぞ」

「これは古着だ。大した値打ちはない」

氏実は、紅梅色に染めた直垂の袖を、軽く振った。

双眸《そうぼう》が切れ長で顎が尖っている氏実は、ややもすれば他人に怜悧《れいり》な印象を与えてしまう。それを少しでも緩和しようと、普段から明るい色の着物を選んでいた。心の鋭さは隠しておいたほうが、政治はやりやすい。

対する助右衛門は、山葵色《わさびいろ》の陣羽織に松葉色の胴丸という出で立ち。黒川城を奪取したとはいえ、まだ伊達勢は軍装を解いていないらしい。

「戦場では皆、味のしない干し飯《いい》をかじって飢えをしのいでおりました。もちろん、この俺も……。摺上原の合戦に勝った我々でさえ、干し飯くらいしか食えなかったのです。ところが敗軍の将は、悠長に山鳥を召し上がろうとされている」

「嫌味を言いにきたのか？」

上目づかいに睨みつけたが、助右衛門に悪びれた素振りはない。安積の富田領は、片平と隣接してい

る。そのせいで氏実とは、古馴染みのような仲なのだ。

「まさか。それほど暇ではありません。政宗さまの御言葉を伝えにまいったのですよ。明朝、卯の刻半(午前七時)に登城せよ、とのこと」

「そうか」

頷くと氏実は、また串焼きに眼を戻した。素っ気ない態度とは裏腹に、感情は昂ぶっている。いよいよ政宗と対面するのだ。上手く自分を売り込まなければならない。不興を買ってしまえば、氏実だけでなく一族全員が会津を追われる危険があった。

ふと、一族の顔ぶれが脳裏に浮かぶ。そのことが氏実に、あることを思い出させた。

「そういえば助右衛門。おまえに礼を申さねばならなかったたな。倅の将監を、助けてくれたとか」

将監は、二十一歳になる跡取り。富田の兵五百を率いて、摺上原では葦名の先鋒として戦った。だが助右衛門が指揮する片平勢のまえに、敗れた。本来ならば、その場で討死するところを、助右衛門が逃がしてくれたのだ。氏実自身は、戦場に赴いていない。詳細は、すべて間者から報告されたものである。

「氏実どのに感謝されるとは、意外ですな」

助右衛門の言葉には、皮肉が感じられた。

「一族の保身にばかり気を取られ、倅ひとりの命などには興味はないのかと、思っておりました」

「はっきり言ってくれる」

「氏実どのも裏切り者。俺と同じ穴の貉ですから」

唇の端で、微かに笑う助右衛門。それを見た氏実は、眉をしかめた。――たしかに自分も、伊達に寝返っていた。二年前の天正十五年（一五八七）から、徐々に密通していったのである。外交を司る者として、古くから伊達とは親交があった。政宗の登場以来、伊達が急速に力をつけてきたことを、会津では自分が最も理解していた。

だから氏実は、政宗の弟を養子に迎えようと主張した。葦名は盛興、盛隆、亀王丸と、わずか十三年間で当主が三人も若死にしてしまったからだ。もはや伊達に頼らなくては、会津を統治することは不可能だった。ところが他の家臣が、伊達との縁組を認めなかった。氏実に主導権を握られまいと反発したのだ。反対勢力は、政宗と敵対する常陸国（茨城）の佐竹家から、義広を担ぎ出してきた。暗闘の結果、佐竹派の言い分が通された。その瞬間から氏実は、葦名から心が離れていったのである。

「譜代の家臣にさえ、次々と見限られる。駿河（静岡）の今川や甲斐（山梨）の武田は、そうして滅んでいったとか。戦国大名の末路とは、どこも似たようなものですな」

「離反した家臣に罪はない。離反された大名に、それなりの理由があったのだ。義広さまは若干、十九歳。会津を背負って立てる年齢ではなかった。また背負って立てるほどの器量もなかった」

「将監は、そうは思っていないでしょう。たとえ義広さまに落ち度があったにせよ、家臣が一致団結して盛り立てていれば、葦名は滅びずに済んだと」

「倅は若すぎたのだ」

もっと会話する機会があればと、氏実は後悔していた。

政治とは、言ってみれば騙し合いだ。戦とは異なる。ただ押せばいい、というものではないのだ。一族の権益を守るためには、時として相手をあざむくことも躊躇してはならない。そのことを将監にも、分かってほしかった。だが息子が幼かった頃には、もう氏実は宿老として多忙な日々を送っていたのである。自分が将監を成長させてやる余裕など、まったくなかった。

「将監は屋敷のどこかで、へそを曲げているのですか?」

「倅は帰ってこなかった」

「もしや落ち武者狩りに……」

「そうではない。生きて黒川には戻った。だが義広さまに従って、常陸へ落ち延びていったのだ。今ごろは白河あたりを彷徨っているであろう」

氏実が答えると、助右衛門は膝を鳴らした。

「じつに痛快。一本気な将監らしい身の振り方ではありませんか。陰で物事を操ろうとする親父殿とは、正反対の倅殿ですな」

「わしは、陰で物事を操ろうとする男か……」

嫌な呼ばれ方だった。自分には根回しを怠らない癖があることを、氏実は自覚していた。他人はそれを『小細工』と嘲っているという。だが、後ろ指をさされるような小細工はしたことがなかった。一ヵ月前、分家に嫁いだ妹を、ひそかに救出しようとした。安積の富田城で暮らしていた、阿鶴《おつる》。伊達の侵攻を受けた際、夫の富田主膳が、葦名のために落城を覚悟で戦うことは、予期していた。主膳も将監と同様、愚直な男だったのである。寝返るよう説得することは無理だった。しかし主膳の意地をつらぬく戦いに、阿鶴の身は関係ない。

安積は、富田家発祥の地。できれば助けてやりたかった。富田を素通りするよう、政宗に懇願できなくもなかった。しかし一ヵ月前、まだ氏実は葦名の宿老という立場だった。安積に攻め込んだ伊達軍が富田城にだけ手を出さなかったら、内通を確実視されてしまう。政敵に粛清される危険があったのだ。富田の本家は、会津にいる。本家を守るため、断腸

の思いで安積は捨てた。それでも阿鶴だけは、死なないでほしかった。じつの妹なのだ。ところが落城と同時に、阿鶴はみずから命を絶ってしまった。氏実が差しのべた手を、つかもうとせずに。

自分の思いは、親族には伝わらぬ――。

込み上げてくる寂しさを打ち消そうと、氏実は四本の串を一気に裏返していった。

息子にも、理解してもらえなかった。負けると分かった戦で、大事な跡取りを失いたくはなかった。そこで慧日寺《えにちじ》に、将監の保護を頼んだのである。慧日寺の僧兵たちは首尾よく、敗走する将監と落ち合えたという。だが将監は、慧日寺に身を寄せることを拒否。その後、黒川の屋敷にも近づかなかった。郊外にて一人、義広のもとへ馳せ参じる機会を窺っていたのである。

安積から阿鶴を救い出せと命じたのは、十内という家来だった。十内は、阿鶴の遺言だけを持ち帰ってきた。

将監を慧日寺へ導くよう命じたのは、七宮杢助《ななみやもくすけ》という老臣だった。杢助は家宝の太刀『花宴《かえん》』の鞘のみを携えて、屋敷に生還した。

託されたものは違えども、十内にせよ杢助にせよ預かってきた台詞は、ただひとつ。

「氏実さま。余計な小細工は不要」

本家の惣領ならば後先かえりみず、富田城に援軍として駆けつけてほしかった。宿老ならば葦名家を守るため、雄々しく戦うべきではないか――。阿鶴と将監の願いは、よく分かる。だが富田本家の惣領とは、一族の者すべての幸せのために刀を抜く。葦名家の宿老とは、会津の民すべての安泰のために槍を握る。ただ目の前の敵を倒せばいい、という戦いではないのだ。

「他人から何と罵られようが、かまわん。この富田氏実、死に場所だけは間違えぬ所存」

「死に場所？　もしや政宗さまに謁見されたら、その場で刺し違えるおつもりですか？」

助右衛門が、やや声高に訊ねてきた。

「馬鹿なことを。会津の太守でありながら、会津を守れなかった葦名になど、殉ずることなどできぬ。わしは会津の、いや奥州の地が余所者《よそもの》によって蹂躙されぬため、明日から政宗さまに命を捧げようと決心したのだ」

本当の戦いは、これからだ。氏実は唇を噛んだ。

「助右衛門。葦名を滅ぼした今、政宗さまが次に狙うは横田城（金山町）の山ノ内氏勝《やまのうちうじかつ》だ」

「奥会津ですか。山ノ内を野放しにしておいたら、会津地方を平定したとは言えませんからな」

「山ノ内を屈服させるのが重要なのではない。奥会津を手中に収めれば、八十里越え《はちじゅうりご》え（只見町）の向こうにいる敵を牽制できる。そこが真の目的」

「越後の雄・上杉景勝《うえすぎかげかつ》ですね」

「おまえも眼のつけどころが甘いな。景勝など、すでにある御方の手駒にすぎん」

しばし無言のあと、助右衛門が小さく叫んだ。

「上杉は、関白・豊臣秀吉公に臣従している。ということは、天下人と事をかまえることに……」

「そうだ。政宗さまが会津を併呑されたのは、豊臣秀吉に対抗するための一環にすぎぬ」

西からの脅威は、確実に奥州へ迫りつつあった。

九州、四国を制圧した豊臣秀吉。昨年には、東海地方の雄・徳川家康をも屈服させている。これで秀吉に従っていないのは、関東と奥州だけとなっていた。

「小田原の北条が、どこまで持ちこたえてくれるか」

「北条氏政、氏直の父子は、関白殿下（秀吉）に対して恭順の意を示したと、聞いておりますが」

「それはあくまで表向きのことだ、助右衛門。北条は今、上州（群馬）の所領をめぐり、真田昌幸《さなだまさゆき》と争っている。真田が泣きついてくれれば秀吉は、必ずや小田原征伐を天下に号令するはず」

北条家は相模（神奈川）、武蔵（東京と埼玉）、上総、下総（千葉）を治める大大名。たやすく秀吉の軍門にくだるとは思えない。氏政と氏直が防波堤となってくれている間に、伊達がどこまで勢力を拡大できるかが、勝負だった。

「伊達家は、北条家と同盟を結んでいる。北条と敵対する下野（栃木）の宇都宮国綱や、常陸（茨城）の佐竹義重の領地に侵攻すれば、北条を助けることにもなる」

「我らは豊臣の軍勢と戦うのですか」

溜め息をついてから、助右衛門が呟いた。

「そのためには、まずは奥会津の平定だ。次に、須賀川城を落とす。須賀川まで押さえられたら、もう関東に進撃できたも同然。白河と磐城《いわき》は、佐竹義重の支配下にあるが、嫌々ながら従っているようなものだからな。伊達が優位に立てば、早々に寝返ってくるに違いない」

「あの佐竹義重さまが、奥州から追い出される……。にわかに信じられぬことです」

助右衛門の言葉に、氏実も頷いてみせる。磐城、白河、石川、須賀川。仙道（中通り）の大半を平らげた佐竹義重は、さらに三男の義広を蘆名家へ送り込むことで、会津地方も意のままに動かせるようになっていた。先月まで伊達と佐竹の争いは、誰の眼からも佐竹の優勢が明らかだった。それが摺上原《すりあげはら》での戦で、一気に逆転したのである。

「奥州は、佐竹の領地であってはならぬ。だから、わしは伊達に内通したのだ」

「なるほど。佐竹義重さまは、秀吉公の臣下。そのため蘆名義広さまも、豊臣家に恭順する姿勢をとられていた。このまま蘆名家が存続していたら、会津や安積にも秀吉公の御威光が及んでいたことでしょう。しかし何故、氏実どのは、そこまで秀吉公を警戒されるのか？」

「豊臣の支配を受けるようになったら、奥州の武士はすべての権益を失うことになるぞ。かりに佐竹に同調したことで蘆名が生き残れたとしよう。だが安堵される所領は、せいぜい会津郡のみ。耶麻郡《やまぐん》や河沼郡《かわぬまぐん》、むろん安積郡も没収される運命であった。主君の領地が減らされれば、必然的に家臣たちの財産も削られてしまう。そんな理不尽を容認することはできぬ」

九州や四国では古くからの諸大名が、秀吉に屈服したため没落していったという。古豪から取り上げた土地を秀吉は、子飼いの家臣たちに分け与えているのだ。

「検地を知っているか、助右衛門。秀吉の家臣となったら、奉行によって田畑の面積が測られ、年貢の量を一方的に決められてしまうそうだ。つまり地頭の富が一切合財、豊臣家に吸い上げられてしまうのだぞ」

このままでは奥州も、同じ目に遭う。富田家は、長く会津の外交を司ってきた一族。他国からもたらされた報せを聞いて、手をこまねいているわけにはいかなかった。そして政宗も早い時期から、秀吉の野望に危機感を募らせていたらしい。伊達も昔から、天下の動きに通じた家。京にも間者を放って逐一、情勢を探らせていたのである。

「奥州には奥州の秩序というものがある。いきなり西国の慣わしを押しつけられたら、国が滅んでしまう。政宗さまは我々の暮らしを守るため、天下人と戦おうとされている。わしは、その御英断に共感したのだ」

しゃべりすぎだ。自分が興奮していることに、氏実は気づいた。拳を握っていた手の、力を緩める。

囲炉裏に眼をおとした。山鳥の串焼き。いつの間にか、二百かぞえて裏返すことを忘れていた。だが焦げてはいない。うっすらと飴色だった雉肉が、炙られることで深みのある栗色へと変化しただけである。食べ頃まで、あと少し。

氏実は、ふたたび串を灰に刺しなおした。

「ようやく納得できました。氏実どのが懸命に、伊達小次郎どのを葦名の養子に迎えようと働きかけていたことが。そして、どうしても義広さまに従えなかった理由が」

助右衛門は依然として、こちらを見据えている。厨房は火を使っているので、暑い。それでも額や頬に、汗は浮かんでいなかった。

「佐竹の言いなりになる。それはつまるところ、秀吉の指図を受けることに繋がっていく。義広さまを惣領に就かせた家臣たちは、そこまで分かっていなかった」

すべての家臣に、先々までを見越せる眼力があるわけではない。むしろ間近にある利益に、眼を奪われてしまうのが普通だ。それは領民も同じこと。世の中には、武士や百姓を導いてやる者が必要なのだ。会津ではその役割を、富田家の惣領が代々、担ってきたのである。

「わしは内通を恥じてはおらぬ。富田家の惣領とは会津の土地と民を守ることを、つねに念頭に置くも

の。葦名が佐竹の操り人形と化してしまったら、これに代わる御方のもとへ、喜んで馳せ参じよう」

「ほう。会津の土地と民を……。先ほどまでの話を聞いていて、俺が感じ取った氏実どのの本意とは、かなり異なりますな」

「どういう意味だ」

「秀吉公の支配下に入ったら、これまでの権益を失う。氏実どのは結局、それが許せないだけなのでしょう。氏実どのにとって大事なのは、会津全体の安泰なのではない。あくまで富田家の繁栄のみ」

「それは武士ならば、当たり前の望みだ」

「左様。俺も、片平の領地さえ失わなければ十分。そう思って伊達に寝返りました」

助右衛門は首筋を掻き、つまらなさそうに嘆息した。

「氏実どのは、いくら天下や奥州の行く末を論じられても、しょせんは俺たち小者と変わりないようだ。その点が明らかになって、安心しました」

「わしを怒らせようとしているのか、助右衛門」

「腹が立ったのならば、遠慮なく怒鳴ってくだされ」

「……。よいか。人にはそれぞれ立場というものがある。会津を舟に例えれば、おまえたちは櫓の漕ぎ手だ。おまえたちが必死に櫓を漕いでくれているおかげで、舟は前進する。だが行き先はどこだ？　船が目的地に着くためには、舵取りも必要だ。わしは会津という舟を遭難させせぬため、舵を取っているのだ」

「舟乗りは、自分の舟を大事にするものですよ、氏実どの。要は、舟が沈むか沈まないか。行き先など二の次。武士の一族も、そうだと思いませぬか。家名を重んじる者は、おのれの武名を大事にします。生き恥をさらすくらいならば、潔い死を選びましょう。逆に、生き長らえることに執着する民にとって、領主の名など軽い存在。領主が誰であろうと、自分で生きる道を探し出すものです。会津や富田が滅びても、生きる者は生きる」

「成り上がり者が。小賢しいことを」

「いかにも。この片平助右衛門、成り上がり者で良かったと思っております。命を賭けて守らねばならぬ家名など、持ち合わせておりませんからな。気楽に葦名から伊達へと鞍替えできた」

突如として助右衛門の声が、激しい感情で震えた。

「だが富田主膳と将監は、そうではなかった。あの二人には、汚してはならぬ家名というものがあった。富田の一族は忠臣だったと、後世にまで讃えられることを、主膳と将監は願っていた。ところが氏実どのが、二人の努力を水の泡にしてしまった」

助右衛門の剣幕ぶりに気圧され、おもわず氏実はうつむいてしまった。無言。返す言葉が見つからない。一族の長とは、家名を守るため死なねばならぬ。助右衛門の言い分は、痛いほどよく分かる。家来や領民たちは、べつに富田の厄介にならずとも、生きていけるのだ。しかし氏実には、食って寝るだけの人生に、意義を見出すことができない。何かを成し遂げたいという渇望が、つねに自分を衝き動かしているのだ。だから負け戦を承知で犬死することなどどうしても認められなかった。

「生き恥をさらすことにも、意味はある。意味があることを証明するため、わしは生きる」

熾《おき》が爆《は》ぜた。雉肉から、脂がしたたり落ちたのだ。

「山鳥が焼き上がったようだ」

丁寧に一本ずつ、抜いていく。皿に並べた串焼きを凝視することで、氏実は気を持ちなおそうとしていた。

「本当の戦は、これからだ。この料理が、富田氏実にとっての刀や槍となる」

「今さら腹を満たして、誰と戦うのです?」

「わしが食うのではない。これは政宗さまに献上する料理。味の塩梅を調べようと、ごく少量を炙っていたのだ」

政宗は健啖家《けんたんか》で有名である。うまい料理を馳走すれば、自分のことを気に入ってくれるだろう。伊達の家中でも宿老に列することができるかもしれない。そんな下心があって、用意したのである。

「明日、黒川城にあがった際には、もっと大ぶりの肉を焼こうと思っている。わし自らの手でな。きっと政宗さまは喜んでくれるに違いない」

「また小細工ですか、氏実どの……。主膳も将監も、その小細工ぶりを嫌っていたのですぞ」

「なんとでも申すがよい。わしは権力にすがらなければ、力を発揮できぬ男。そのためには政宗さまにおもねってでも、会津における発言力を保持し続けてみせる。たとえ現世の者どもが、わしのことを侮辱しようとも、後世の人々には、あのとき富田氏実が生きていたおかげで、会津は救われたのだと言わせてみせる」

氏実は皿を手にした。助右衛門に差し出す。

「一本、食べてみろ。わしが丹精を込めて炙ったものだ」

しばらく助右衛門は、皿と氏実の顔を見比べていたが、やがて意を決したように串を指でつまんだ。

「言ってみれば政局も、武士にとっての戦場よ。わしは政局を、おのれの死に場所と定めた」

「白刃が飛び交う場こそ、武士の生きる場。政治ばかりにうつつを抜かす者など、武士とは呼べぬぞ。氏実どの」

「ふん」

氏実も、串の先端から齧りついた。旨い。我ながら上出来だ。やはり味噌に、山椒を混ぜておいたのが正解だった。

見ると助右衛門も、同じく肉を頬張っている。表情を変えぬまま一口目を喉に流し込むと、

「とても食えたものではありませぬな」

助右衛門は、残りの肉を放り捨てた。

（終）

岡田　峰幸（おかだ　みねゆき）

歴史研究家。桜の聖母短大生涯学習センター講師。各講座にて自作の紙芝居を用いている。

1970年、山梨県甲府市出身。

1994年、福島大学行政社会学部卒業。

2002年、第2回やまなし文化祭小説部門優秀賞。同年、第55回福島県文学賞準賞。

2006年、第3回碧天舎歴史時代小説コンテスト最優秀賞。

著書　「勇名馳せずとも」（歴史春秋社）

「安積」（共著／歴史春秋社）

「新選組をあるく」（共著／光人社）など。

表紙画・挿画　岡田　峰幸

読む紙芝居

会津と伊達のはざまで

発行日　2015年11月1日　初版発行

著　者　岡田　峰幸

発行者　大内　悦男

発行所　本の森

984-0051　仙台市若林区新寺1丁目5-26-305

電話&ファクス　022-293-1303

印　刷　共生福祉会　萩の郷福祉工場

定価は表紙に表示してあります。落丁、乱丁本はお取替え致します。

ISBN978-4-904184-78-3